賢治ラビリンス

夜の

川の……の

ゴ

金

彩流社

一川《イーチュアン》へ

目次

「生命は、われわれの頭上に輝く星空の深淵のように、測り難く偉大で底深いのです。人はその個人の存在という小さな覗き穴から、窺い見ることができるにすぎません。しかもそこに、人は眼に見える以上のものを感知するのです。だからその覗き穴を、とりわけ清潔にしておかなければなりません」――フランツ・カフカ

はじめに

「少なくとも三種類の異なった解釈ができないような物語は良いものではありえない」(MIRODOR: Hans Ritz: Die Geschichte von Rotkäppchen: Heyne Verlag. 1981)という説は、私には正しいと思われる。宮沢賢治の童話はまさにこの言葉通りで、同じ作品でも読むたびごとに印象が変わって、なんだか魔法にでもかかったかのような不思議な気分にさせられる。そもそも、日本で彼ほど西欧的文化の香りがする作品を次々と生み出した作家も珍しい。それは例えば、オツベルやポラーノやゴーシュ、そしてグスコーブドリなどの名前を持つタイトルからだけでも十分明らかだろう。

賢治が童話に関心を持ち始めたのは大正七年(一九一八年)頃からで、ちょうど日本の児童文学が説話的な御伽噺から文学的な童話へと変わりつつあった時期であった。(それにしても、御伽噺や童話といった言葉を創り出した人の素晴らしい言語センスには脱帽する!)。賢治が童話掲載を断られた鈴木三重吉主宰の雑誌「赤い鳥」の創刊がこの年なのだから、何とも皮肉な巡り合わせではあったのだが、それでも、「赤い鳥」はイソップやグリムのような民話だけではなく、アンデルセンやオスカー・ワイルドといった創作童話をも紹介して、それなりに大きな役割を果たしてはいたのである。

ちょっと説明が必要だ。一口に童話 Märchen と言っても、それはいわゆる「昔話」である収集童話 Volksmärchen と特定の著者が作り出した創作童話 Kunstmärchen との二つに大別されるということだ(民話とは民間説話の省略形である)。

昔話は長い時間をかけて多くの人たちの口から口へと伝承されながら、次第に洗練されてきたのだろう。例えば「グリム童話集」は兄弟たちが著者なのではなく、ドイツの昔話を彼らが集めて編纂したものであるのに対して、「アンデルセン童話集」の方は彼が自分で書いた作品である。ドイツの収集童話の場合、一つの鉄則は最後に「しあわせな結末」が待っていてくれることで、これこそが子供たちを安心させてハッピーにしてくれる魔法といえる。何れにしても、童話を論ずる場合には、これら二つの違いを明確に区別しておくことが必要なのである。

若い賢治が第一次世界大戦後、日本に一気に流れ込んできたヨーロッパ文学に強く刺激されたのは当然であっただろう。ただ、彼が一体どんな外国文学(例えば「グリム童話」など)を読んでいたのかとなると、残念ながら詳しいことはよくわからない。一九九〇年前後、私は何度か花巻の宮沢賢治記念館(当時は、たしか弟清六氏の娘婿殿が館長だったと記憶している)を訪れ、その際に賢治の蔵書目録も見せていただいたのだったが、その中にグリム童話は見当たらなかった(なお、蔵書目録に関しては、筑摩書房全集の月報にも掲載されているようだ。さらに、奥田弘「宮沢賢治の読んだ本　所蔵図書目録補訂」『宮沢賢治研究資料探索』蒼丘書林、二〇〇一年、がある)。しかし、花巻空襲で多くの蔵書が消失してしまった可能性も大きいし、詳しくは不明のままであった。
賢治の処女童話集であるイーハトヴ童話「注文の多い料理店」が出版されたのは大正十三年（一九二四年）である。その広告文を読んでみよう。

イーハトヴは一つの地名である。強て、その地点を求むるならばそれは、大小クラウスたちの耕してゐた、野原や、少女アリスが辿った鏡の国と同じ世界の中、テパーンタール砂漠の遥かな東北、イヴン王国の遠い東と考へられる。実にこれは著者の心象中に、この様な状景をもって実在したドリームランドとしての日本岩手県である。（後略）

この内容からだけでも、賢治に影響を与えた作家たちの何人かがはっきりと理解できるだろう。つまり、大小クラウスはアンデルセン、少女アリスはルイス・キャロル、テパーンタール砂漠はタゴール、イヴン王国はトルストイである。中でも最も影響が大きかったのはアンデルセンである。冬が長く寒い岩手とデンマークは厳しい気候風土がよく似ているから、雪や自然の描写は必然的に似てくるのかもしれないのだが。大正七年（一九一八年）十二月に彼がアンデルセンの「絵のない絵本」をドイツ語で読み、作歌した作品がある。

「聞けよ」又月は語りぬ　やさしくも

アンデルセンの月は語りぬ
あかつきの瑪瑙光ればしらしらと
アンデルセンの月は沈みぬ

斯様にアンデルセンへの親近感は、六年後の「注文の多い料理店」刊行まで続いていく。「よだかの星」と「みにくいあひるの子」の類似性や、また猫についての指摘などの興味深いテーマもあるけど、長くなりそうなのでここでは触れない。

ルイス・キャロル「不思議の国のアリス」からの影響については、「注文の多い料理店」での日常世界から非日常世界へ入って、再び日常世界へ戻る形式が指摘されている。次から次へとドアを開けて中へ入っていく二人の紳士の行動も、自分たちの勝手な思い込みのまま一度決めたら引き返せぬ人間の愚かさ(あるいは怖さ)を表しているのだろう。われわれだって、一度文化的と言われる生活を甘受したら、原発事故があったところで、絶対にその便利さを手放すことはできないではないか。(しかも原発には想像を絶する巨大な利権がからみ、一度甘い汁を吸った面々にとっては、恐らく命より大切なものとなっている。どこぞの国の大統領のように、人が死ぬのは一向にかまわないという訳だ。そこに自分さえ入っていなければ。そもそも「原子力の平和利用」などというレトリック自体が「言葉の遊び」だろう。原子力に明るい未来などあるはずはなく、テロでも戦争でもまず狙われるのが原発であることは、今回のウクライナ侵略でも明らかではないか）。

　ところで、「注文の多い料理店」を読んで、私はすぐに赤ずきんと狼の会話を思い浮かべてしまった。深い森の中の一軒家で次第にジワジワと怖さが増大してくるのに、被害者となる当人だけがそのことに少しも気づかずにいる、まさに「知らぬが仏」の恐怖とでも言おうか……。更に言うならば、二つの作品に共通しているのは死ぬということよりも、むしろ自分の存在そのものが完璧に消されてしまうことだ。死体すら残さずこの世から消えてしまう。そんな恐怖なのである。（いま狼がねらっているのは子供ではなく、金持ちのお婆さんのほうだ。）

赤ずきん

　よく誤解されるけれど、赤ずきんは狼おじさんを前にして自分勝手に驚いているだけで、ちっとも質問などしてはいないのだ。

「おばあさまのお耳、おっそろしく大きいのねえ」
「だから、おまえの言うことが、よく聞こえるのさ」
「おばあさまの目え目、ずいぶん大きいのねえ」
「これでなきゃ、おまえがよくみえやしないやあね」
「おばあさまのお手々、ばかばかしく大きいのねえ」
「これでなきゃ、おまえがうまくつかめやしないやあね」
「だけどねえ、おばあさま、おばあさまのお口の大きいこと、あたしびっくりしちゃったわ」
「これでなきゃ、おまえをうまくたべられやしないやあね」

こうして読んでいる(聞いている)方の恐怖は、被害者がまるで気づいていないがゆえになおさら増大していくというこのあたり、二人の紳士たちの恐怖とも重なってくる。実際、クレッシェンドのごとく徐々に高まっていくこうした怖いシーンが、子供たちは大好きなのだ。

薬を飲んで小さくなってしまった山男が、別の丸薬を飲むと元通りの身体になる「山男の四月」など、「不思議の国のアリス」がテーブルにあった飲み物で小さくなり、その後ケーキを食べてぐんぐん大きくなっていく話とそっくりではないか。しかし、この山男の話で私が注目したいのは、むしろフランツ・カフカの物語だ。カフカ作品はどれをとっても前述した「三種類の解釈」どころか、それこそ次から次へといくつもの解釈の可能性を秘めたものだろう。宮沢賢治(一八九六〜一九三三)とフランツ・カフカ(一八八三〜一九二四)と、ユーラシア大陸の両極に、ほとんど無名のまま同時代を生きたよく似た作家が存在していたのに私は驚くのである。

賢治の山男は、薬を飲んで大男になった中国人につかみかかられて、逃げようとしていた。


「助けてくれ、わあ。」と山男が叫びました。そして眼をひらきました。

みんな夢だったのです。

雲はひかってそらをかけ、かれ草はかんばしくあたたかです。

山男の四月

つまり、「めでたし、めでたし」という救いが最後に残されているのだ。これに対して、例えばカフカの「変身」にはどこを読んでも、虫に変わってしまった主人公グレゴール・ザムザが夢から覚めたという描写はなく、救いようもない現実の恐ろしい世界は残されたままなのである。

学生時代の私にとって、カフカ作品は一種のファンタジーとして面白かった。人間が毒虫になってしまうなんて、そんな馬鹿なことのあるはずがないじゃないか。しかし、これら総ては当然ながら比喩なのであって、「似たようなこと」が現実にはたくさん起こっているから怖いのだ。実際、「変身」とは逆に、外見は人間なのにその内側は動物以下という連中が少なからずいて、よく考えてみるとこちらの方がはるかに怖いのではないか。誰が毒を持っているのか、外見からだけではわからないのだから。また、二十一世紀の今日、一つの大国がわけのわからない屁理屈を使って隣国を侵略し、平気で人々を殺戮していくなどと一体誰が想像できただろうか。そこには人の生命の尊厳さに対する感覚など微塵もない。カフカ作品には、いかようにも現実となりうる可能性を秘めたこうした恐怖が潜んでいて、だからこそ独裁国家では危険図書で発禁処分とされるのだ。独裁者が多様な考え方を好むなど、ありえないではないか。

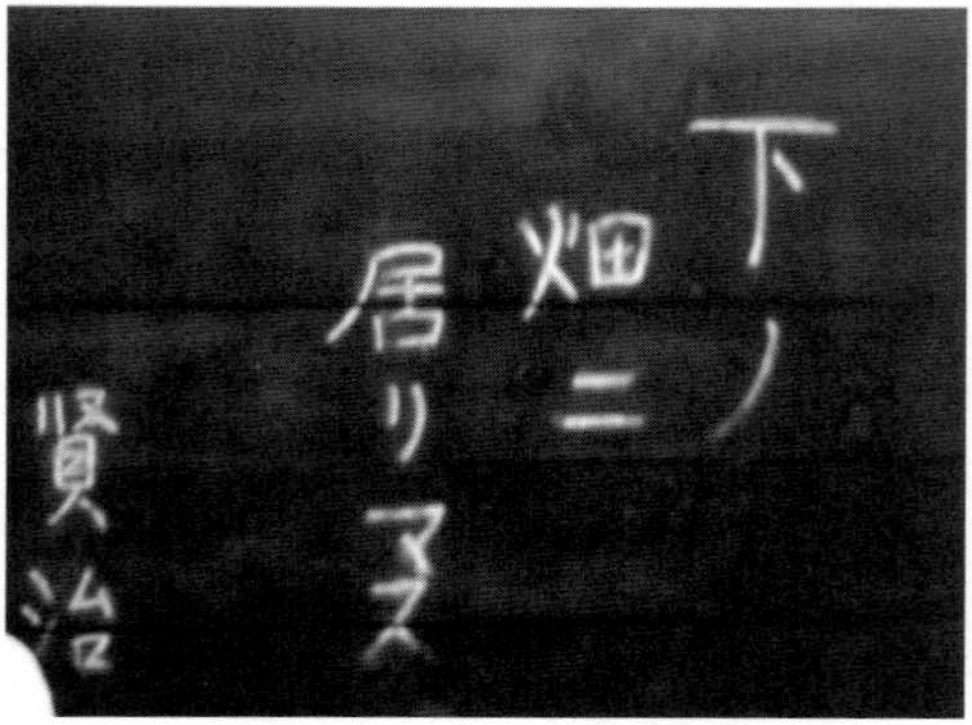

「下ノ畑ニ居リマス　賢治」と書かれた黒板

賢治作品の多くの場面で私は、アンデルセンやルイス・キャロルよりも、こんなふうにカフカ作品を思い浮かべてしまった。そう、カフカと同時代を生きた宮沢賢治は日本で最初の「ファンタジー作家」なのだ。それにしても、これらの作家たちがみな独身だったというのも、面白い符号ではあるけどね。今回取り上げたいくつかの賢治童話を読むにあたって、私は何度かカフカを思い出して自分なりの考えを書いてみた。
羅須地人協会を訪ねたら、入口の横に「下ノ畑ニ居リマス　賢治」と書かれた黒板が下げられていた。それはつい今しがた書かれたようで、すぐにでも賢治が戻って来るのではないかという錯覚にすら陥るところであった。

彼が
「すぐに戻る」
と言って
いたのか、
あるいは
下の畑に
いるから
「お前も、来いよ」と
言って
いたのかは
不明だけど、

どうやら
戻るつもりは
なかったらしい。
あるいは
下の畑
近くには
クーボー大博士の
設計した
銀河鉄道
臨時停車場が
できていて、
彼はいまごろ
もう

「さそり座」
あたりを
ノン
ノン
ノン
ノンと
旅して
いるのかも
しれない
ね。

第一章　ワラシとボッコと奥州と欧州と――ドイツの視点から

――ざしき童子の話――

奥州遠野のザシキワラシ

宮沢賢治が初めて遠野を訪れたのは大正四年（一九一五年）八月、次は大正六年七月で、友人宛の手紙には岩石調査の旨が書かれていたという。そのあたりの状況を「宮沢賢治ハンドブック」（天沢退二郎編、新書館）より引用する。

（前略）イシッコ賢さんとはいえ、盛岡高農入学当初の夏に、とくに学校から課題があったわけでもなく、その調査に確固たる志向があったとは考えられない。また、柳田国男の「遠野物語」（明治四十三年六月）に影響されたとも思えない。同書は三百五十部発行、うち二百部は親戚知友等に贈呈されたというので、賢治が入手するのは困難であろう。（「遠野」奥田弘）

しかし、その一方で、賢治は（佐々木喜善の）「奥州のザシキワラシの話」を読んでいた可能性が高いのではないかという考察もある。

だからこそ、「奥州のザシキワラシの話」の二年後に、類似したタイトルの「ざしき童子のはなし」を書き、一九二八年に喜善が突然その再録を手紙で求めてきても全然驚くことなく、「前々からご高名は伺っておりますのでこの機会を以てはじめて透明な尊敬を送りあげます」と返書できたのではないでしょうか。だとすると、賢治は岩手の民話を吸収した童話を書く以前に、民俗学者としての柳田国男の存在を知っていたということにもなります。「奥州のザシキワラシの話」の序文の執筆者は柳田だからです。

（岡田民夫「宮澤賢治　心象の大地へ」七月社）

佐々木喜善が集めたザシキワラシの話はほとんどが遠野地方で、花巻のものは少なかったようである。賢治の「ざしき童子のはなし」を高く評価していたという彼が、手紙を出す二か月前に書いた「雨窓閑話」には次のように書かれている。

奥州はザシキワラシの本場です。でも何故か皆さんが気をつけて居てくれません。（中略）私の気がついて居る範囲内では三年ばかり前の月曜という雑誌で、宮沢賢治氏と云ふお方が多分花巻辺のことだろうと想像されるザシキボッコの話を四節発表になられて居ります。宮沢氏の話は詩でありまして、而してロマンチックなものでありましたが、此物の真相は斯くもあるものかと謂ふ位に真実なるものでありました。これは私達のやうに民俗学らしい詮議でなく、もう一歩深く進み出た詩の領分のものであったと覚えて居ります。

（「天邪鬼」五の巻、一九二八年七月稿了は六月十四日）

さて、賢治の「ざしき童子のはなし」は、四つの短い話でまとめられている。タイトルの童子をここでは「ぼっこ」と読ませているけれど、ザシキワラシをザシキボッコと呼ぶのは盛岡地方や和賀郡黒沢尻町附近が多いらしい。まずは、遠野町付近のザシキワラシに対する古老の概念を書いておこう。

一　ザシキワラシは体躯小さく、顔の色が赤い。
二　富裕な旧家を住処とする。成上がりの家にはけっしておらぬ。
三　もしザシキワラシが退散のことがあれば、その家の衰える前兆である。
四　時として出てその家の人と嬉戯することがあるが、家人以外の目には見えぬという。
（伊能嘉矩先生書状大意、二月一日附。佐々木喜善「遠野のザシキワラシとオシラサマ」宝文館、一九八七年）

賢治が、今日では「遠野物語」でよく知られる「座敷童子」を、冒頭から、「ぼくらの方の、ざしき童子のはなしです」と断っているのは、こうした一種の精霊たちの伝承が、岩手、青森、秋田といった東北北部にまたがっていたから、それらと区別するためであろうか。岩手独特の風土が賢治に与えた影響についてはよく語られているけれど、確かに、突然出現して忽然ときえてしまう「遠野物語」のマヨイガ(迷い家?)など、まさに「注文の多い料理店」にそっくりだし、山男の話も賢治童話にはよく登場してくる。しかし、この「ざしき童子のはなし」は岩手の昔話というより、一般にはむしろ伝説、伝承と呼ぶべきものであろう。

欧州・ドイツのザシキワラシ

グリム兄弟は彼らが編纂した「ドイツ伝説集(Deutsche Sagen(Winkler Verlag)」の序文で、「(童話は)すぐに栄養となり、まるでミルクのように口当たりが良くまろやかで、蜂蜜のように甘くこの世の困難さを取り除いて、満足させてくれる。伝説はずっしりとした料理で、より深く思索されることを要求する」と述べている。ゲッティンゲンのサンスクリット学者T・ベンファイはこの点について、「昔話は楽しませようとし、伝説は教訓を与えようとする」(Theodor Benfey: Kleine Schriften III: Berlin. 1892)とさらに簡潔に表現した。彼は、「神話の残滓から昔話が成立した」と唱えたグリム兄弟の「アリアン説(Arische Theorie)」に対して、「ほとんどの昔話はインドから出た。インドでは仏教がそれを作った」という「インド起源説(Indische Theorie)」を唱えたことで知られている。しかし、伝説と昔話の厳密な領域を規定するなど困難で、実際にはこれらは互いに重なり合っている部分も大きいのである。一つ明確に異なっているのは、昔話が「むかし昔、あるところに〜」といった出だしに象徴されるように、時代や場所をまるで問題にしないのに対して、伝説はそれらを特定していく点だろう。だからこそ「座敷童子」のことも、「ぼくらの方のはなし」となるのである。

実は不思議なことに、ドイツ各地にも中世から伝わっている「座敷童子」によく似た精霊の話が残っているので、「ドイツ伝説集」(グリム兄弟篇)から、それらの一部をご紹介しよう。ドイツでは、いくつかの町や村では、ほとんどの農夫、おかみさん、そして息子や娘たちでも、あらゆる家の仕事を片付けてくれる家の精(Kobold)を持っているといわれている。そして、この家の精はいったん家族との信頼関係が築かれると、その家にいつくことになり、家の住人が一人でも存命している限りそこを離れないのだ。この性格は、まさに遠野のオクナイサマと座敷童子にそっくりではないか。さらに、ドイツの家精は、昔その家で殺された人間たちの霊魂だという伝承も、遠野物語でホソテ、ナガテと呼ばれて土間の片隅から手だけが伸びてくる、堕胎された赤子の話によく似ている。

嬰児の圧殺は昔は常の如く考えていたものらしく、殺せば決して屋内より出さず、必ず土間の踏み台の下か、石臼場のような、繁しく人に踏み付けられる場所に埋めたものである。

(折口信夫「座敷小僧の話」)

女中に、「姿を見せて」と執拗に頼まれていた「ヒンツェルマン」(伝説集72)というドイツの家精も、やはり昔殺された子供の霊である。

(女中が地下室へと降りていくと)、自分のすぐ前に、中に三歳ぐらいの裸の子供が横たわっている舟形の桶があるのに気づいた。その心臓には二本のナイフが縦横に突き刺さり、全身血まみれであった。この瞬間、女中はびっくりして気を失い、地面に倒れてしまった。精がすぐに女が運んできたバケツを取って、その頭に水を浴びせたので、彼女は再び気が付いた。(拙訳)

「ヒンツェルマン」の後半にも座敷童子にちょっと似た部分がある。フェルトマンという伝道師が一五九七年十二月十五日付の手紙に「ヒンツェルマンは男の子か乙女のような小さな手をしばしば見せたものの、彼自身の姿を見ることはできなかった」と書いているのだが、彼の話はまた、賢治の「ざしき童子」の二番目の話にどことなく似た不思議な雰囲気を漂わせてもいる。

フェルトマン師は十四、五歳の頃、精が小さな男の子の姿で階段を素早く駆け上がるのを見たという。子供たちがフーデミューレンの館の周りに集まって一緒に遊んでいると、精は幼い可愛らしい子供の姿をしてみんなと遊んだので、他の子供たちは精の姿をはっきりと見たのだった。その後、家に帰った子供たちは両親に、自分たちが遊んでいると知らない子がやって来て、どんな風にみんなで楽しんだかを話したのだ。

ある女中の話もこのことを裏付けている。かつて彼女がある部屋に入ったところ、五、六人の子供たちが遊んでいて、その中に一人見知らぬ子がいた。カールした黄色い髪を肩までたらした美しい顔立ちの子で、赤いビロードの上着を着ていた。彼女がよく見ようとすると、子供はグループから離れて姿を消してしまった。

ヒンツェルマンはまた、フーデミューレンに滞在したある道化師ともよく遊んだ。小さな男の子は大体四歳の子供とおなじぐらいの大きさだったという。(拙訳)

ここでも、日本のザシキワラシが「衣服は赤いものを好んで用いていた」(上閉伊郡附馬牛村。「遠野のザシキワラシとオシラサマ」二三)という類似に驚かされるのである。

ヒンツェルマンがフーデミューレンにいたのは四年ほどで、立ち去る前に彼は次のように言ったのだという。「もし、一族が衰退し出したら、自分はもう一度来るよ。そしたら、一族はまた新たに栄えて上り調子になるだろうさ」。

賢治の「ザシキボッコ」とカフカの「オドラデック」

次に、賢治の二番目の短い話も引用しておこう。

「大道めぐり、大道めぐり」

一生けん命、かう叫びながら、ちやうど十人の子供らが、両手をつないで円くなり、ぐるぐるぐるぐる、座敷のなかをまはつてゐました。どの子もみんな、そのうちのお振舞いによばれて来たのです。

ぐるぐるぐるぐる、まはつて遊んで居りました。

そしたらいつか、十一人になりました。

ひとりも知らない顔がなく、一人もおんなじ顔がなく、それでもやつぱり、どう数へても十一人だけ居りました。その増えた一人がざしきぼっこなのだぞと、大人が出てきて云ひました。

けれどもたれば増えたのか、とにかくみんな、自分だけは、なんだつてざしきぼっこだないと、一生けん命眼を張って、きちんと座って居りました。

こんなのがざしきぼっこです。

(「宮沢賢治全集」8)

佐々木喜全の報告も、この話によく似ている。

(二三)土淵村字本宿にある村の尋常高等小学校に、一時ザシキワラシが出るという評判があった。諸方からわざわざ見に来たものである。児童が運動場で遊んでおると、見知らぬ一人の子供が交って遊んでいたり、また体操の時など、どうしても一つ余計な番号の声がしたという。それを見た者は、常に尋常一年の小さい子供等の組で、それらがそこにおるここにおるなどといっても、他には見えなかったのである。遠野町の小学校からも見に来たが、見た者はやっぱり一年生の子供等ばかりだったそうである。毎日のように出たということである。明治四十五年頃の話である。

（「遠野のザシキワラシとオシラサマ」宝文館）

賢治作品の最後の話に登場する北上川の渡し守が見たという行儀のよい子供が、一番典型的なざしき童子の姿といえるだろう。

夜に、「紋付を着て刀をさし、袴をはいたきれいな子供」を乗せた渡し守に、その子が「そこの笹田のうちにずいぶんながくいたけど、もうあきたから外へ行くよ」と言う。渡し守が「どこへ行くね」と聞くと、「更木の斎藤へ行くよ」と言った。さらに「岸に着いたら子供はもういず、おらは小屋の入り口にこしかけていた。夢だかなんだかわからない。けれどもきっとほんとうだ。それから笹田がおちぶれて、更木の斎藤では病気もすっかり直ったし、むすこも大学を終わったし、めきめき立派になったから」、こんなのがざしき童子です。と、短い物語が終っている。

座敷童子は通常五歳から十歳くらいまでの子供でおかっぱ頭、これがいてくれるだけで家運は繁盛するが、よそへ移ってしまうと傾くといわれている。要するに、子供自身が熱心に家事を手伝うということはないようなのである。オクナイサマは常にその住み着いた家の利益を守るためにのみ現れるのだから、家が衰退すると消えてしまう座敷童子の方がクールな性格といえるだろう。渡し守の「笹田がおちぶれて、齋藤が立派になった、云々」という言葉も、こうした民間信仰を裏付けているのである。

ドイツや日本の座敷童子の奇妙さから、私はまたまたカフカの「父の心配(Die Sorge des Hausvaters)」の種になっていた「オドラデック(Odradek)」という小さな「もの」のことを考えてしまった。父はこの「糸巻き棒のようなもの」が非常に小さいので、いつも子供のように取り扱っているのだけど、しかし、この「もの」は言葉を話せるし、「落葉がかさこそと音を立てる」ように笑うことだってできるのだ。

あれは、屋根裏にいたり、階段の踊り場に来たり、廊下に姿を現したり、玄関に出てみたりする、ときには、一か月も姿を見せないこともある。それはたぶんほかの家へ居場所を移しているのであろう、しかし、かならずまたわたしたちの家へ戻ってくる。部屋のそとへ出てみると、下の階段の手すりにちょうどあれがもたれていることがよくある。

(「ある流刑地の話」本野亨一訳。角川文庫)

父は自分の死後「あれはどうなる?」と心配して、「一種の苦痛に近い感情におそわれて」いる。オドラデックは死ぬことがないのと同じように、座敷童子ももともと殺されたはずの子なのだから、きっと死ぬことはないのだろう。

昔、座敷童子を卒論のテーマにした学生の面白い報告がある。

福島県いわき市の小さな漁港に座敷童子が出るとの噂を聞いた彼は、ある社長宅を訪ねて行ったのだが、漁船の船主でもあったその社長は遠洋に出ていて留守だったため、奥さんから話を聞いたのであった。直接座敷童子と話が出来るのは社長本人だけなので、どんな様子をしていたのかは残念ながら良くわからなかったという。しかし、その座敷童子は時々ふっと姿を消しては、何日か後にまた戻ってくるらしかった。社長が、「どこへ行っていたのだ」と聞いたら、「別のお金持ちの社長のところ」という答えで、どうやら彼はいくつかの社長宅をローテーションを組んで回っているらしいのであった。

（金成陽一「まだあるグリムの怖い話　グリムドイツ伝説集を読む」東京堂出版）

こんな座敷童子もいるのかと、びっくりした次第である。この童子は「父の心配」をよそに、他の家へ居場所を移している「オドラデック」にも似ているではないか。

ところで、「座敷童子がいる家は栄え、童子が去ってしまった家は没落する」という民間信仰は、よく考えてみるなら、現実は恐らく逆だったのではなかったかという気がする。つまり、活気があってみんなが和気藹々と楽しく暮らしている家には自然に多くの人たちが寄って来るけど、その家が没落したり、人々が去って寂しくなってしまったなら、訪れる人も少なくなってしまうだろうということだ。落ちぶれ果てて楽しくもない他人の家に、いったい誰が好きこのんで住みたいというのか。だから、座敷童子が去ったから家が没落するのではなくて、寂しい陰気な雰囲気の家庭には、きっと子供の居場所もないということなのだろう。そんな話を載せておこう。

(二二)松崎村字海上の菊池某という家に、昔からザシキワラシがいるという噂があった。実際夜などは、座敷で子供の歩くような小さな足音がしたものである。ところがこの家が段々傾きかけてくると、そのワラシが隣家の喜七という家へ移って今ではそこにいるということである。(同地西教寺、諏訪君話。大正八年九月十九日、土淵小学校にて。)

(「遠野のザシキワラシとオシラサマ」)

出現の罪、そして「チベットの死者の書」

ザシキワラシがちょっとだけ登場してくる不思議な童話「ペンネンネンネンネン・ネネムの伝記」を見てみよう。フゥフィーボー博士の紹介(推薦)により、「まっ白なちぢれ毛のかつらを被って黒い長い服」を着た裁判長になったネネムが、裁判室の一番高いところに座って判決を下す場面だ。

「ザシキワラシ二十二歳。アツレキ三十一年二月七日、表、日本岩手県上閉伊郡青笹村字瀬戸二十一番戸伊藤万太の宅、八畳座敷中に故なくして、擅《ほしいまま》に出現して万太の長男千太、八歳を気絶せしめたる件」

「その通りに相違ないか」とネネムに聞かれたザシキワラシは、「全く相違ありません」、その後も、「風を入れるため、ザシキをザワッザワッと掃いて居りました」と答える。

これに対するネネムの判決には、居並ぶ判事たちみんなが「今度の長官は偉い」とささやきあったという。「よろしい。その点は実に公益である。本官に於いて大いに同情を呈する。しかしながらすでに妄りに人の居ない座敷の中に出現して、箒の音を発したために、その音に愕いて一寸のぞいて見た子供が気絶をしたとなれば、これは明らかな出現罪である。依って今日より七日間当ムムネ市の街路の掃除を命ずる。今後はばけもの世界長の許可なくして、妄りに向ふ側に出現することはならん」。

ザシキワラシはおじぎをしてよろこんで引っ込みました、という結末である。

「出現罪」に問われたこのワラシなど、座敷に泊まった人の枕返しをしたり、人に抱き着いてくすぐったりを一晩中繰り返す他の悪戯好きのザシキワラシたちに比べたなら、ずいぶんと可愛いものではないか。

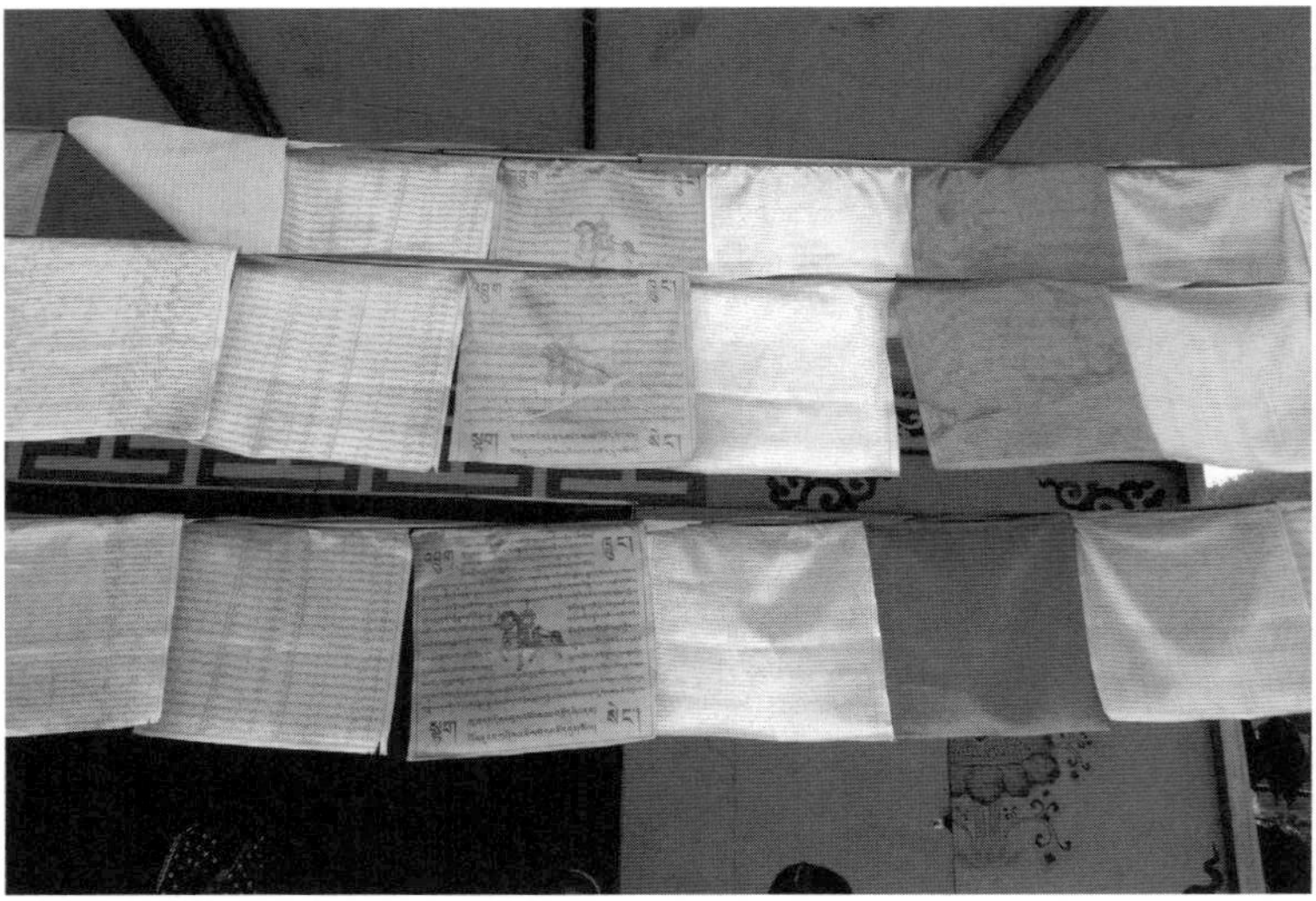

チベットの幡

しかし、初めのうちこそ名判決で大人気のネネムも立身出世するにつれて、「だんだんからだも肥り声も大へん重く」なって、「おれの裁断には地殻も服する」と思うほど傲慢になったのである。それが頂点に達した頃、彼は「どうしたはずみか足が少し悪い方へそれて」、人間世界へ行ってしまった。そしてそこは「ネパールの国から魔除けの幡がパタパタなるチベットへ入る峠の頂だった」という。

恐らくこの時、ネネムは「チベットの死者の書」に書かれていることを実践してしまったのに違いない。それは、「死の瞬間から次の生での誕生までの間に魂魄が辿る旅路七週四十九日間のいわゆる中有のありさまを描写して、死者に対して迷いの世界に輪廻しないように『正しい道はこっちなのだ』と正しい解脱の方法を指示するお授けのための経典」(「チベットの死者

チベットの村の幡

の書」川崎信定原典訳、筑摩書房）なのである。この本の中には、死ぬとどうなるかが第一日目から実に詳しく書かれており、これら全てを信じ切ることができるなら、死への恐れなど激減して幸せな日常を過ごすことができるかもしれない。

「ああ、善い人よ、汝の身体と心とが離ればなれになるとき、存在本来の姿（法性《ほっしょう》）の純粋な現出があるであろう。この現出は微妙であり、色彩と光に満ちている。光輝に光り輝くであろう。その本性は幻惑させ、汝をおののかせるものであり、初夏の野に陽炎が立ち昇るようにゆらゆらと揺れ動く。これを恐れてはならない。これこそ汝自身の存在本来の姿そのものの現れであると覚るべきである」（「チベットの死者の書」）

ガーンと気絶していたネネムは、しばらくたってよみがえる。

「ああ僕はどうしたんだらう」

「只今空から落ちておいでございましたご気分はいかがですか」

何のことはない。名裁判長であったネネム自身が「出現罪」を犯してしまったというオチであるのが愉快だ。

それにしても、「出現罪」とは面白い命名ではあるのだが、このように何の前触れもなく、突如として出現して人々を驚かせる不思議な存在の話は、「遠野物語」にも「ドイツ伝説集」にも載っている。

フーデミューレンの男が下僕たちと野良仕事をしていると、突然ヒンツェルマンが現れて叫んだ。「全速力で、家へ戻れ。一番下の子が、たった今、顔から火の中へ落ちて大火傷したぞ」。びっくりした男は大鎌を放り出して、ヒンツェルマンの言ったことが本当かどうか確かめるべく家へ急いだ。さて、男が戸口の敷居をまたぐやいなや、もう駆け寄って出迎えた人が不幸な出来事を話したのだ。果たして、彼の息子が顔中無残に大火傷をしたのがわかった。深鍋がのっていた火の傍で小さな椅子に座っていたその子は、スプーンを鍋に入れようとして椅子を前の方に傾けた時、顔から火の中へ落ちてしまったのである。そばにいた母親が走ってきて再び炎から引き離したから、子供は確かにいくらか火傷はしたものの、とにかく命に別状はなかったのだ。不思議なのは、この不幸が起るとほぼ同時に、ヒンツェルマンが畑にいた父親に知らせ、子供を助けに戻るよう強く促したことである。（七六　拙訳）。

「遠野物語」は次のようである。

九三　菊池菊蔵の妻は、笛吹峠を越えた橋野の出である。妻が親里へ行っている間に、糸蔵という五、六歳の子が病気になったので、彼は峠を越えて妻を迎えに行くことにした。道は木立が深く、両側の高い谷あいを通っている。薄暗くなり始めた頃、菊蔵と呼ぶ者がいるので振り返ると、誰かが崖の上からこちらを覗いていた。その人は顔が赤く、眼が光っていた。そして、「お前の子はもう死んでいるぞ」と言ったのである。菊蔵は恐ろしいというより、はっとしたけれど、その姿はもう消えていた。急いで夜に妻と戻ってみると、果たして子供は死んでいたのである。四、五年前のことだという。（抄訳）

どちらも予言が的中したという不思議な話だ。ドイツの子は大火傷をしても助かり、日本の子は可哀想なことに親に看取られることもなく死んでしまったのが違ってはいるけれど、何かしらわれわれの知り得ない予知能力やテレパシーといった神秘的な存在について考えさせられるテーマとなっている。こうした奇妙な出来事は、洋の東西を問わず、あり得るのだろう。

まあ、ヒンツェルマンも、ザシキワラシのように顔の赤い男の方も、ネネム裁判長に言わせれば、どちらも突然に現れて人を驚かす「出現罪」ではあるのだけどね……。

第二章　夜の川のほとりのゴーシュ

――セロ弾きのゴーシュ――

名前について

「セロ弾きのゴーシュ」は、読むたびごとに不思議な感動を与えられる作品である。物語は、こう始まっている。

（ゴーシュのセロは）上手でないどころではなく実は仲間の楽手のなかではいちばん下手でしたから、いつでも楽長にいじめられるのでした。

そこで彼は町外れのこわれた水車小屋で夜更けまで、「譜をめくりながら弾いては考へ考へては弾き一生けん命しまひまで行くとまたはじめからなんべんもごうごうごうごう弾きつづけ」たのであった。

するとそこへ大きな三毛猫がやって来て、彼にシューマンの「トロメライ」をリクエストする。ところがゴーシュが怒り狂ったように「印度の虎刈り」という曲を弾くと、猫は驚いて身体を壁にぶつけ、「眼や額からぱちぱちと火花を出し」て逃げていく。

次の日に来るのは「かっこう」。その次の晩は「狸の子」。最後の晩は、「野ねずみの母子」であった。このあたりで既に、ゴーシュの心は動物たちによって十分癒されている。それまでの彼はとても傲慢だったといっていい。そして、最後に演奏会のアンコールで指名されたゴーシュが「印度の虎刈り」を弾き終って楽屋へ戻ると、楽長が言う。「ゴーシュ君、よかったぞお。あんな曲だけれどもここではみんなかなり本気になって聞いてたぞ。一週間か十日の間にずゐぶん仕上げたなあ。十日前とくらべたらまるで赤ん坊と兵隊だ。やらうと思へばいつでもやれたんぢゃないか君。」仲間もみんな立って来て「よかったぜ。」とゴーシュにいいました。

簡単に言ってしまえばただこれだけのことなのに、一体この短い話のどこに読者を魅了する不思議な力が潜んでいるのだろう。

そもそもゴーシュとはどこの国の人なのか。もし、彼の名が英語の「驚き」や「誓い」を表すgoshに由来しているのだとしたら愉快だ。「えっ」というニュアンスで英語圏の人はよく「ゴーシュ」(gosh)と言うし、by goshといえば「えっ、おや、たいへん」という意味。さらに「きっと」というニュアンスはGod(神)の婉曲的表現である。オーケストラでセロが遅れて、楽長にやり直しを命じられたり、三毛猫の舌でマッチを擦って煙草に火をつけて脅したりするゴーシュは、確かに「おや、たいへん」な人であるには違いない。もっとも、このゴーシュの解釈もフランス語のgauche(ぎこちない、不器用な。天沢退二郎氏は作品解説で「下手くそな」と説明している)ではないかという説もある。その根拠として、賢治がはじめ「セロ弾きのはなし」というタイトルにしていた草稿段階では、「セロ弾きのティシュウ」、次に「ゴーバー」に訂正され、さらに「ゴーシュ」に変更されたからだという。仏語辞典から引用する。

tissu　①織物　②織り目　③組織、等々。
gober　①鵜呑みにする　②軽々しく信用する、等々。
英語では
tissue　①組織　②織物、等々。
gauche　①気のまわらぬ　②気の利かぬ、等々。

そう、英語のtissueなら「組織」がいいだろうし、「ゴーバー」だって穿った見方をするなら、go-by(気付かずに通り過ぎる)なんていうのも面白いではないか。
梅津時比古氏はセロを「ごうごう弾く」音から次のように推測している。

その〈ごう〉の部分と、ゴーシュという不思議な名前の〈ゴー〉の部分の響きは、明らかに結びつくだろう。また、〈シュ〉の部分は弓が胴体の木をこするか、弦がかすれる音にとれないこともない。いずれにせよ、〈ゴーシュ〉の響きが下手なセロを弾く主人公の身体感覚にぴたりと重なり合い、その名前から、不器用で、直接的で、真摯なゴーシュ像と、彼の弾くセロの音が浮かび上がってくるような気がするのである。もちろん賢治はその語感を充分に意識して命名したに違いない。

（「ゴーシュという名前」東京書籍）

ただ、賢治がゴーシュの名は何語であると断っている訳でもないから、結局のところはわからないし、名前の由来にそれほど重要な意味が隠されているとも思えないのだ。

この作品で人名が登場するのは、扉を叩かれた時、ゴーシュがねぼけたように「ホーシュ君か」と叫ぶ場面と、猫が「シューマンのトロイメライ」と言うところの二か所しかない。ドイツロマン派の有名な作曲家シューマンは、賢治が生まれる四十年前の一八五六年に四十六歳で亡くなっている。しかし、ゴーシュの友人とおぼしきもう一人のホーシュなる人物について、われわれは作品から何も知ることは出来ない。Gosh と Hosh は、GとHの単なる語呂合わせなのだろうか。

なお、一九九六年十月の宮沢賢治生誕百年祭にはヨーヨー・マが賢治のチェロで「トロイメライ」を演奏したそうだ。このチェロは新品か中古かは不明だが、賢治が一九二六年に東京で買い求めたのではないかという。花巻高等女学校の音楽教師をしていた親友藤原嘉藤治が弾いていたチェロを聞いていた賢治にとって、その楽器はとても身近なものとなっていたのである。賢治のチェロは、その後一時期嘉藤治のと入れ替わったものの、昭和三十一年、宮沢家に返還されたのであった。だから、現在宮沢賢治記念館に展示されているのは、賢治が東京で買って、熱心に練習をした本来のチェロなのである。嘉藤治のチェロは、花巻の空襲で焼けてしまったという。

嘉藤治の話を「チェロと宮沢賢治」（横田庄一郎著。音楽之友社）より孫引きする。

盛岡の公会堂の音楽会にも出ることになったんです。その話をしたら、宮沢君がそのチェロではわかねえのだからおれのチェロをもっていけ、というので、じゃあ貸してくださいというと、どうせおれは弾けないのだからだまっておまえさんのもってるチェロと取り替えてくれ、ということになった。それでぼくの穴のあいた五十円のチェロと宮沢君のチェロと交換して、盛岡の演奏会で弾きました。

その演奏会は一九三二年、賢治が死ぬ一年前のことで、この時既に彼はもうチェロを弾けるような状態ではなかったのだろう。晩年の賢治について弟清六氏は次のように伝えている。

そのうちに兄は過労のために病床に臥すようになったが、その枕元でも私はレコードをかけたのであった。しかし病勢も進むにつれて強い音が苦痛になったので、静かな曲を選んで、蓄音機の扉を閉めて鳴らすようにしたが、後にはそれでも強すぎるので、ラッパに毛布をつめて蚊の鳴くような音でかけなければならなかった。

（「兄のトランク」筑摩書房）

三毛猫とかっこう

夜の水車小屋にホーシュ君の代わりにゴーシュを訪ねてくるのは、大きな三毛猫であった。ヨーロッパの童謡などには猫とバイオリンの組み合わせは多い。「マザー・グース」の中の最もよく知られたナンセンスな歌から引用しよう。

えっさか　ほいさ
ねこに　ヴァイオリン
めうしがつきを　とびこえた
こいぬはそれをみて　おおわらい
そこでおさらはスプーンといっしょに　おさらばさ

（谷川俊太郎訳）

チェロはバイオリンに較べればずっと大きいけれど、弦を弓で弾く原理は同じだろう。叩けばすぐに音が出るピアノやオルガンと違って、弦楽器には自分で音を作り出していくという楽しみがある。

べっこう色の猫は幸運を招くとの俗信もある。中国で猫は夜に属する陰の動物であり、魔の力、

マザー・グース（上図・下図）

変身する力を表す。また、見慣れぬ猫は物事が悪い方へ向かう兆しとの説もあるが、ゴーシュの場合は彼が、「いままで五、六ぺん見たことのある大きな三毛猫」となっているから、これには当てはまらない。

日本における猫のイメージはどうかといえば、日光の「ねむりねこ」に代表されるごとく「平和な安らぎ」といったところだろう。いつもカリカリして「平和な安らぎ」からは程遠かったゴーシュのところに、猫はその幸せの使いとしてやって来たのである。そしてこの猫が「半分熟したトマトをさも重そうに」お土産として持ってくるのはとても愉快だ。季節は夏であった。実際、賢治の羅須地人協会を訪ねてくる人たちが、トマトを持ってくることは多かったようだ。

日本でトマトが一般に普及するのは第二次大戦後で、それ以前は赤茄子の名で試作されるも、独特の臭みのためにあまり好まれなかったという。しかしトマトは頗る健康に良い作物であり、「トマトが赤くなると医者が青くなる」ということわざもあるほどで、こんなところにも農学者としての賢治を垣間見る思いがする。

さて、次の晩にやって来るほととぎすは、日本では、「報われない恋」と結び付けられる鳥だ。『古今集』巻第十一「恋歌」には次の歌がある。

題しらず

郭公《ほととぎす》なくや五月《さつき》のあやめぐさ

あやめも知らぬ恋もするかな

読人しらず

あやめぐさ（菖蒲）とあやめ（理性）という同じ音の繰り返しは、耳に心地よく響いてくる。かっこうはゴーシュのところに「ドレミファ」を教えてもらいに来たのだが、そのやりとりは、どちらがどちらに教えているのかわからないほどだ。ゲーテが、大学で教壇に立つのをためらっていたシラーに言った言葉ではないけれど、やはり「教えることは学ぶこと」なのであろう。

ウグイスなどもそうだが、シーズン始めはヘタだがだんだんうまく歌うようになるのは、鳥が自分の歌を聞き、親の歌を聞くことによって歌を上達させているのだ。若いカッコウは、自分が未熟なことを知っており、学習意欲に満ちあふれている。

（赤田秀子「賢治鳥類学」新曜社）

かっこうの鳴き声は人の叫び声によく似て、本当に「カッコー」と聞こえる。英語でこの鳥をcuckoo（郭公）と呼ぶのも、恐らくそのはっきりとした鳴き声をそのままとったものに違いない。（ドイツ語ではKuckuckという男性名詞である）。かっこうも春の到来を告げる幸運を運ぶ鳥なのである。第六交響曲がベートーヴェン作「田園」とはっきり書かれているわけではないけれど、かっこうの登場などを考えると、やはりチャイコフスキーなど他の作曲家とは考えにくいのではないだろうか。この曲は多くの作曲家に影響を与え、特にグスタフ・マーラーは自分の交響曲第一番第一楽章に、ベートーヴェンとは反対に低音から高音の鳴き声として取り入れて、楽譜にはわざわざ「かっこうの声をまねて Der Ruf eines Kukkuck nachzuahmen.」との注までつけている。

何べんも何べんもレッスンを頼むかっこうにつき合っているうち、ゴーシュは奇妙な気分になってくる。

ゴーシュははじめはむしゃくしゃしていましたが、いつまでもつづけて弾いているうちにふっと何だかこれは鳥の方がほんとうのドレミファにはまっているかなという気がしてきました。どうも弾けば弾くほどかっこうの方がいいような気がするのでした。

ゴーシュはかっこうに誘われて、まさに「練習が名人を作る」(Übung macht den Meister)というドイツの諺を熱心に実施していたのだ。

「カッコウは、早春、短三度の音程で鳴きはじめる」とハーティングは言う。「それから長三度におよび、次に四度、それから五度、その後は短六度にいたらないまま鳴き声は途切れる。したがって音楽の分野に大変貢献したといえるかもしれない。というのは、短音階は、カッコウから派生したことがわかったからである。（略）ギルバート・ホワイトの友人の調査した結果、カッコウの鳴き声は一羽一羽の個体によって異なっていることを発見した。セルボーンの森の付近では、だいたい二調で鳴いているのがわかった」。

（ハーティング「シェイクスピアの鳥類学」『賢治鳥類学』新曜社）

ゴーシュに脅かされて窓を目がけて飛び立つかっこうは、激しく硝子に頭をぶっつけて下に落ちてしまうのだが、鳥はそれでもめげずに何度も同じ動作を繰り返した。嘴のつけねから血を流し、気絶した後も有らん限りの力でまた飛び立とうとするのである。イライラしていたゴーシュも流石に、なかなか開かない窓を蹴飛ばして、鳥を逃がしてやる。かっこうは結果的に激しいその行動力で、ゴーシュに「決して諦めてはいけない」という教訓を与えたのである。

自分の未熟さや至らなさ、あるいは知識のなさを認識できる人間は素晴らしい。自分が優秀だと錯覚している人ほど、往々にしてむやみに威張り散らしたり、人を蔑んだりするものだ。

かくこうのまねしてひとり行きたれば
人は恐れてみちを避けたり　短歌ＡＢ３１２

子狸と野ねずみ

さらに次の晩には、ゴーシュのところに一匹の子狸が現れて、「ぼくは小太鼓の係でねえ。（お父さんに）セロへ合わせてもらって来いといわれたんだ」と説明する。そこで彼がセロを弾き出すと、狸は二本の棒切れで「セロの駒の下のところを拍子をとってぽんぽん叩きはじめ」た。

教わりに来たはずの子狸は、ここで逆にゴーシュのメトロノームのような役を演じている。だから、「ゴーシュさんはこの二番目の糸をひくときはきたいに遅れるねえ。なんだかぼくがつまずくようになるよ」と狸が言うのに何の不思議もない。

古来、狸は月に属する陰の動物で、超自然の力を象徴している。

さて、四日目の晩には子供を連れた野ねずみの母親が来て、ゴーシュに「この子の病気を直してほしい」と頼む。初めのうち彼にはその理由が皆目わからなかったのだが、「先生のおかげで、兎のおばあさんもなおりましたし、狸のお父さんもなおりましたし、あんな意地悪のみみずくまでなおしていただいた」というねずみの台詞で、「ああそうか。おれのセロの音がごうごうひびくと、それがあんまの代わりになっておまえたちの病気がなおるというのか」と納得する。

自分が意図せぬところで人助けをしていたり、相手を幸せな気分にしていることがあるものだ。しかし、逆に何気ない一言が相手を不愉快にしたり、恨みをかう場合だってある。ゴーシュも、本人が全く知らないうちに、動物たちの病気を直してやっていたらしい。

また別なレベルでは、文学作品や絵画、そして音楽等も、作者（演奏家）が強く訴えたかった部分と、読者(聞き手)が好む部分がまるで違っているというケースは決して少なくはない。

ねずみは古代ギリシャでアポロに捧げられ、この神の別名はそれゆえ、アポロ・スミンテウス(Smintheus= ねずみ)という。Smintheus 神は医術の神であり、したがってねずみは病気とその治癒に関連を持つと考えられていた。病気と治癒に関連するねずみが患者としてゴーシュを訪ねてくるのだから、とても愉快なのである。

童話では、魔法で馬に変身するシンデレラのねずみがすぐに思い浮かぶ。

それから名付け親が二十日ねずみをとる「わな」を見にいくと、二十日ねずみが六匹、生きたままかかっています。サンドリヨン(シンデレラ)に揚げ蓋をすこし持ち上げるようにいい、出てくるたびに一匹ずつ杖で叩くと、二十日ねずみはたちまち美しい馬に変わります。こうして、みごとなねずみ色と白とまだらのある馬で、立派な六脚立ての馬車の用意がととのいました。

(新倉朗子訳「ペロー童話集」岩波文庫)

もっとも、この部分ペローの「サンドリヨン」だけの話で、グリム童話の「灰かぶり(Aschenputtel: KHM21)」にねずみは一切登場して来ない。

なお、イギリスには「猫がバイオリンを弾きながら納屋から出てくる間に、ねずみはマルハナバチと結婚する」(「イメージ・シンボル事典」)といった猫とねずみとバイオリンを関連づけた童謡もある。

さらに動物たちについて

ここで、四日間にわたって次々とゴーシュのところに現れる動物たちについて、今一度考えてみよう。登場してくる動物たちを整理してみると、猫→かっこう→狸→ねずみの順に現れ、ねずみの台詞から兎、みみずくもいることがわかる。

これらの動物に共通しているのは、全て夜行性である点だろう。夜明けに現れるかっこうでさえ、日本では「夜の王国の使い」とされている。朝にかっこうが飛ぶとともに、闇は去っていくのである。一晩中鳴いていたかっこうについて賢治が書いている。

遠くの楊の中の白雲でかくこうが鳴いた。
「あの鳥ゆふべなき通しだな。」
「うんうん鳴いていた。」誰かが言ってゐる。(短編「秋田街道」)

この描写、盛岡高等農林の寄宿舎から夜通し雫石川沿いに秋田街道を歩いた賢治の青春の記録だという。

さて、これらの動物はまた月に関連している。月の側面と太陽の側面という両義性を合わせ持つ猫は、主に太陽の側面を表すライオンと比較して、月の側面を表すことの方が多く、北西ヨーロッパでは月の豊饒の女神は穀物の精として猫に宿ることがある。月と猫を結びつける特徴は暗闇で光るその目であり、それは月が欠けるにつれて細まって行く。こうしたことが「月の側面」の特色といえるのである。

ヨーロッパにおいて猫は何世紀もの間迫害され、特に聖ヨハネの祝日には、生きたまま焼き殺されたこともあった。聖書によればバプテスマのヨハネはイエスより半年早い夏至に生まれたことになっており、聖ヨハネ祭も元を辿れば火祭りを伴う盛夏崇拝であったケルトのガーウェイン盛夏祭からきている。

キリスト教徒たちにとって猫はあらゆる魔力の元凶であり、魔女集会のサバトに見られる動物の一つと思われていたのである。犬に較べれば身体も小さい猫は、確かにいじめやすい存在であったには違いない。

同じ賢治童話「猫の事務所」は、猫同士のいじめの構造が描かれている。猫の歴史と地理を調べる事務所には、優秀なはずの四匹の猫が働いていた。

一番書記は白猫でした。
二番書記は虎猫でした。

三番書記は三毛猫でした。
四番書記は竈《かま》猫でした。

かま猫は夜かまどの中に入って眠る癖があるため、いつも身体がすすで汚く、何だか狸のような猫であったという。このかま猫が他の三匹に嫌われ、いじめられる。

体調が悪く、事務所を休んだかま猫が次の日に出社すると、みんなが無視して挨拶もしない。原簿すら取り上げられて、仕事も与えられないのだ。まさに学校や会社での陰湿ないじめがここに凝縮されてはいないだろうか。存在を無視し、その上何もやらせないとは一番残酷な仕打ちであろう。ドストエフスキーの「死の家の記録」を思い出そう。人間は、自分の行為が何の意味もなさない無益なものであることには耐えられないのである。

たとえば(囚人に)一つの手桶の水を他の手桶にあけ、それをまた逆にはじめの手桶にあけたり、砂を揚いたり、あるいはまた、土の山を一つの場所から他の場所にうつし、それをまたもとへもどすというようなことをさせたら囚人はきっと四、五日もたったら首を吊るか、でなければむしろ死んでそんな侮辱や苦痛からのがれようとおもって、どんな罪でもおかすだろうと思う。もちろん、こんな刑罰は拷問とよび、復讐とよんでもいいだろう。これは全く無意味である——なぜならば、それにはなんら合理的な目的がないだろうから。

（上田進訳、三笠書房）

かま猫の話に戻ろう。

たうたうひるすぎの一時から、かま猫はしくしく泣きはじめました。そして晩方まで三時間ほど泣いたりやめたり、また泣きだしたりしたのです。それでもみんなはそんなこと、一向知らないといふやうに面白そうに仕事をしてゐました。

その時、突然百獣の王ライオンが登場して一喝する。

「お前たちは何をしてゐるか。そんなことで地理も歴史も要ったはなしではない。やめてしまへ。えい、解散を命ずる」

そして語り手は最後に説明する。「かうして事務所は廃止になりました。――ぼくは半分獅子に同感です」と。そう、人への思いやりや愛情を知らずに、学問的知識ばかりを追求しても何にもならない、全くの無駄なのである。人を不幸にさせる学問や仕事など、さっさとやめてしまった方がいいのだ。その意味で獅子の一言は全く正しい。しかし残念なことに、現実にはなかなかこの獅子のような立派な存在を見つけ出すのは大変だから、時代を問わず人間社会では、悲しいことにいつも争いやいじめは絶えないのである。

「かま猫の場合は、とりあえず猫の世界の枠組が、獅子の出現でこわされることが救いの入口になっている」と吉本隆明氏は述べている。「そのかわり出口があるのかないのか、こころの井戸はどこまでふかく、枠のとれた外部への眺望がどこまで続くのかいっさいわからない」。

さらに引用する。

この「猫の事務所」では、かま猫が最低の状態にあるときに、獅子があらわれてこの状態から脱けだすことが暗示される。いいかえれば救済は法華経の、究極の一切種智を説く如来の化身のようなものがあらわれて、そんな状態の囲いをこわしてしまう命令のかたちでおとずれる。かま猫がどうなったか、かま猫をいじめてきたほかの猫たちがどうなったかを問うことはない。ただ状態の枠組をこわしてしまうことが、救済の暗喩なのだ。

（吉本隆明「宮澤賢治」筑摩書房）

ところで、エドガー・A・ポーの「黒猫」を論じた中で、マリー・ボナパルト（ナポレオンの弟のひ孫で、フランスで最初の女性精神分析学者）は猫の性的象徴の役割を面白く解説している。

民衆言語においては猫は女性性器のごく普通のシンボルである。よく知られている歌謡――

お父様が私にお婿を下さった。
でもまあ！　なんというおちびさん。
猫に鼠と思われそう。

……ここに見られる性的シンボリズムは、精神分析家ならずとも、明らかに見てとれるだろう。「おちびさん」が夫のペニスを意味していることは明らかである。それがそこでは鼠にたとえられている。ところで女性の嫌悪症においては鼠はファルスのシンボルであることをわれわれは知っている。それに対して、鼠を食べる猫は、ペニスがそのなかに消え、呑み込まれる女性性器を表している。それに猫は実際にも女性性器と同じように、暖かく、官能に敏感で、さわるとチクチクする厚い毛を持っている。

男がペニス＝鼠を持っているところに、女は猫を持っているのだ。さらに言えば、猫の歩きぶりは、その優美さといい、何が隠されているか分からない危なっかしさ(ビロードの毛並の下には何時飛び出してくるか分からない爪)といい、いかにも女性的である。

(J・P・クレベール「動物シンボル事典」大修館書店)

他の鳥の巣に卵を産みつけるかっこうは、人間から見て非常にイメージが悪く、当然ながら「寄生」と「姦通」のシンボルである。しかし、シベリアのシャーマンたちにとっては、二羽のかっこうは太陽と月のしるしである。かっこうはまた、正義を司る神であり、死者を蘇らせる力を持つと信じられていた。

フランスでは、その年に初めて春の到来を告げるかっこうの鳴き声を聞いた時にお金を持っていれば、その年はずっとお金に不自由しないという俗信もあった。

月に属する陰の動物である狸は、特に日本では狐同様狡猾さのシンボルで満月の夜腹鼓を打ち、人を誑《たぶら》かすため老僧に化けると考えられていた。この言い伝えは特に童謡「証誠寺の狸囃子」（野口雨情作詞。中山晋平作曲）で、大正末年より広く知られるようになった。

第一日目の三毛猫と二日目のかっこうに対して、ゴーシュは実にシビアな態度をとっていたのに、三日目の子狸と四日目のねずみの親子にはとてもやさしく接するようになる。その理由の一つとして考えられるのは、どちらも子供が出てくるからではないだろうか。また、三日目あたりからイライラもおさまり、演奏の腕前も上がってきたのではないか。ゴーシュの心の動きは、最初の二晩と後の二晩とで、明らかに対極にある。

最も多産な動物であるねずみは、塩気のあるものを食べただけで子を孕むとも、「肝臓は月の満ち欠けとともに増減する」（『イメージ・シンボル事典』）とも信じられていた。

フロイトは「ねずみが子供の化身（アヴァターラ）である」（『世界シンボル大事典』大修館書店）と

分析しているのだが、その根拠はどちらも豊饒と繁栄のしるしであるからだ。

心理学の場合、太陽は恒久不変の神を象徴し、毎日姿を変える月は人間を象徴する。また色々な楽器の形は月の諸相を模したものとも考えられる。確かに、丸みをおびた弦楽器であるバイオリンやチェロ、そしてマンドリンやギター等の形は、満月や三日月を連想させるかもしれない。月に関連する動物たちの前で、ゴーシュが月の形のチェロを弾いているのだから面白い。

子供の頃、月には兎が住んでいると教わった。月の薄黒い斑点は兎が餅つきをしているところなのであった。兎を月と関連させている民間伝承は多く、月は時として兎と一体になる。たとえばアステカ族にとって月の斑点は「神が月の顔面に投げつけた飼い兎から生まれ」たのである。ヨーロッパでもアジアやアフリカでも月の斑点は野兎ないし飼い兎か、さもなければ大兎かである。こうして今日でも童謡の中で次のように歌われる。

私は月の中で
三匹の子うさぎが
プラムを食べ食べ
なみなみと注いだ
ブドウ酒を飲んでいるのを見たよ。
(「世界シンボル大事典」)

復活祭の頃ヨーロッパを旅すると、町のあちこちで卵をもった子兎の人形やポスターにお目にかかる。卵は一度この世に誕生した後、また殻を破って生まれてくることから、それは成人式を意味することもある。つまり、卵は二度生まれる訳で、まさに再生を象徴させるに相応しいものだ。そしてこの卵を運んでくる動物としては、多産のシンボルである兎が恐らく一番相応しいということなのだろう。

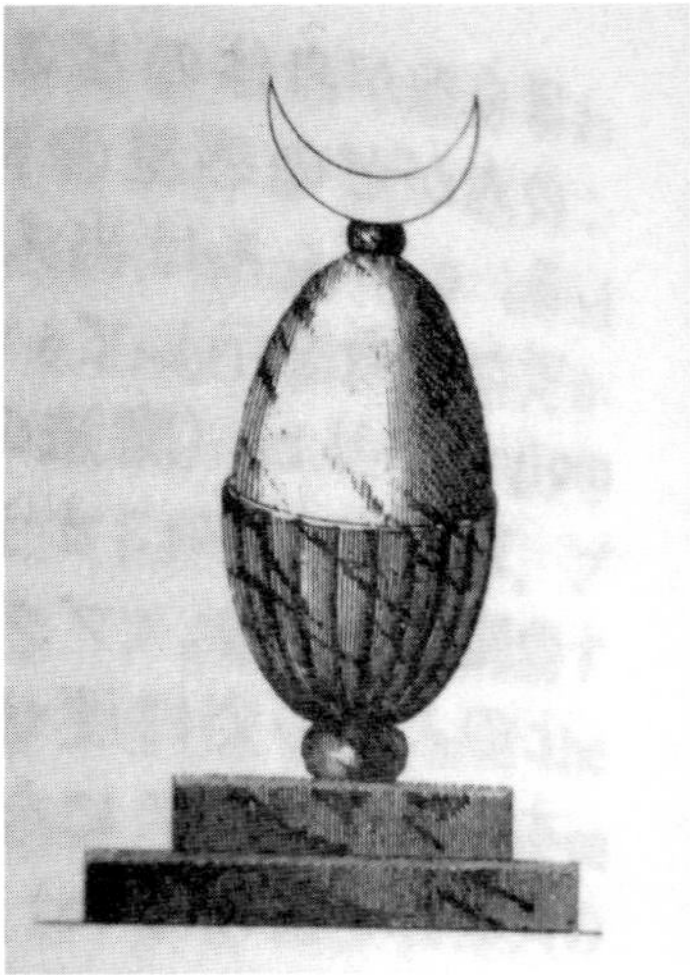

メソポタミアの月の神

ところで、メソポタミアの月の神は、エッグスタンドのような容器に入った卵の上に三日月が載っている姿で表された。月はこのように「世界卵(the Egg of the World)」と見なされ、天界の神聖な側面を表していたのである。卵の中に閉じこもっていたような状態でセロを弾くゴーシュも、まさに新しい音、新しい技術を生み出そうと努力しつつ、卵の殻を破ろうとしていたのではあるまいか。月は無意識を表すと同時に、自然界や現象界の神秘的側面をも表すのである。

さて、最後に出てくるミミズクも、太陽の光に耐えられない月と関係をもつ夜の鳥である。ギリシャ人にとって女神アテナの鳥であったフクロウは太陽の光を目を開いて受ける鷲と対立する。

ゲノンによると、それは（アテナーミネルヴァ）の関係と同じで、鷲に対立するフクロウとは、（太陽の）光の直視、すなわち直感的認識に対立する（月の）反射光の知覚、すなわち理性的認識のシンボルと考えることができる。

（『世界シンボル大事典』）

月が照らなければ人間の身体は水分を失うという俗説があるほど、月は水と関係が深く、ギリシャで月の女神はよく沐浴している姿で描写される。たとえば、月の処女神であるアルテミス。彼女の沐浴する姿を見たために猟師アクタイオンは鹿に姿を変えられ、連れていた猟犬の餌食になってしまった。

月に関連する動物たちと話をするゴーシュも川のほとりの水車小屋に住み、水との縁は切っても切れない。そして彼はよく水をがぶ飲みする。

「ゴーシュはそれ（セロ）を床の上にそっと置くと、いきなり棚からコップをとってバケツの水をごくごく飲みました」

「その晩遅くゴーシュは自分のうちへ帰ってきました。そしてまた水をがぶがぶ呑みました」

水は新しい生命を育み、希望に繋げていくものなのである。とくにゴーシュがこのようにごくごく水を飲むのは、賢治自身の生活を反映していると述べるのは横田庄一郎氏である。

「水を飲むというのは親類筋に当たる関徳弥が熱中した西式健康法のひとつで、当時の花巻で流行したらしい。『水を呑むは會て教を得たる西式の一部ここのみ残存し』という、森佐一あて書簡の下書(一九三二年六月一日)が残っていることから、このあたりの事情がうかがえる」

(『チェロと宮沢賢治』音楽之友社)

夜

「セロ弾きのゴーシュ」に登場してくる動物たちの共通性を見て来てはたと思うのは、この作品の時間帯がほとんど夜であることである。物語は、昼間ゴーシュがどこで何をやっているのかについては一切触れず、すぐに夜の場面へと移っていく。

休息の時、そして昼への準備期間である夜はまた人の心を育み、物事の始まる前の胎動期でもあろう。この作品の持つ不思議な雰囲気の原因の一つは、ストーリー展開の時間帯がいつも夜であるからだ。夜の闇は人の心を根本から明るくしてはくれないし、そのイメージは陽気さどころか死に繋がってさえおり、この闇を照らし出してくれるのが月である。

猫の「トロイメライ」のリクスエトに応じるべく明かりを消すと、「外から二十日過ぎの月のひかりが室のなかへ半分ほどはいってきました」とテキストは述べる。このあたりアンデルセンの「絵のない絵本」で、月が様々な街の生活を目撃している部分とよく重なり合う。

夜の静寂は、一段とゴーシュのセロの音を強調していく。私の中では、ゴーシュの住む川端にある水車小屋と賢治の住んだ羅須地人協会の建物とがだぶってくるのだが、この点はすでに何人かの人が指摘しているところだ。例えば、小西正保「わたしの宮沢賢治論」(創風社)には次のように書かれている。

私の推測だが、この物語は、あの下根子桜の別荘(羅須地人協会を主催した小屋)における独居自炊生活の経験なしには、発想されることがなかったのではないかと思える。現在、二枚橋にある県立花巻農業高校の敷地のはずれに復元、移築されている羅須地人協会の建物をみて、私はそう思う。あの粗末な建物のもつ雰囲気こそゴーシュが住んだ「町はずれの川ばたにあるこわれた水車小屋」であるだろう。

水車小屋に住むゴーシュについて吉田文憲氏も、次のような意見を述べている。

そこでセロを弾き、畑を耕す独居生活。これは病床にありながら、晩年の賢治が「銀河鉄道の夜」とともに紡いだ、時代から取り残されてゆくものたちの放つ最後の光芒を描いた一編の挽歌でもあるのではないか。と同時にこの物語は死にゆくものの生のかなたにきわどく夢見られた人間と動物の間の真夜中のつかのまの出会い、あるいは賢治自身のかなわなかった夢の宴でもあるのではなかろうか。

（「宮澤賢治――幻の郵便脚夫を求めて」大修館書店）

夜の淋しさ、空虚さを賢治は最愛の妹とし子が二四歳という若さで亡くなってしまった後、特に強く意識したのではなかったろうか。よく知られた「永訣の朝」は、死の床に横たわる妹への激しい慟哭の記である。

けふのうちに
とほくへいつてしまふわたくしのいもうとよ
みぞれがふつておもてはへんにあかるいのだ
（あめゆじゆとてちてけんじや）うすあかくいつそう陰惨な雲から
みぞれはびじよびじよふつてくる
（あめゆじゆとてちてけんじや）

「ぼくにはこの二編（〈無声慟哭の中の〉「風林」と「白い鳥」）は、とし子の死後の沈黙の中にまだ含まれ、未だ明けぬ第一の夜の途中から風といっしょにとんできた中間報告にすぎないように思える」(「宮澤賢治の彼方へ」筑摩書房)と書くのは天沢退二郎氏である。とし子の眼をやがて蔽いつくした闇が、そのまま賢治の夜を形作ったのである。

音楽

ところで、ゴーシュの属しているのが「金星音楽団」という名であるのも偶然ではない。金星は想像力の象徴、そして芸術の中では特に音楽の象徴であり、調和を与える星なのに、その音楽団に属するゴーシュには全く他の楽器との協調性がないのだ。金星音楽団の「金星」という名は浅草オペラにちなんだ命名ではないかという説がある。

大正八年三月から浅草の金龍館に、清水、田谷、安藤文子等の七星歌劇団が出て、震災まで続いた。また関西には伊庭孝が主催する新星歌舞劇団があった。賢治の詩「春」の副題に「水星少女歌劇団一行」というのがある。(佐藤泰平「『セロ弾きのゴーシュ』私見」日本文学研究資料叢書Ⅱ、有精堂出版)

「おい、ゴーシュ君、君には困るんだがなあ。表情というものが、まるでできていない。怒るも喜ぶも感情というものがさっぱり出ないんだ。それにどうしてもぴたっと外の楽器と合わないもなあ。

いつでも君だけとけた靴のひもを引きずってみんなの後をついてあるくようなんだ。困るよ。しっかりしてくれないとねえ。光輝あるわが金星音楽団がきみ一人のために悪評をとるようなことでは、みんなへもまったく気の毒だからな」と楽長に怒鳴られたゴーシュは、壁の方を向いてぼろぼろ泪をこぼす。楽長の言葉の中にこの作品を読み解く一つのヒントが隠されている。泪を流すほど感情的であるはずのゴーシュは、音楽となると表情がなく、怒るも喜ぶもさっぱり表現できない男だったのである。

ところがその夜、セロを弾き続けていた彼は「顔もまっ赤になり、眼もまるで血走ってとても物凄い顔つきになりいまにも倒れる」ほどの情熱を示す。ゴーシュは怒りの塊と化し、その怒りは突然トマトをもって現れた猫によってさらに高まっていく。「先生、そうお怒りになっちゃ、おからだにさわります」と猫は言うのだが、彼の怒りはそう簡単には収まらない。

「生意気だ。生意気だ。生意気だ」

「ゴーシュはすっかりまっ赤になってひるま楽長のしたように足ぶみしてどなりましたがにわかに気を変えて」、猫のリクエストであるシューマン作曲「トロイメライ」を弾いてやるという。しかし彼の弾いたのは「印度の虎刈り」という激しい曲で、猫は「これは一生一代の失敗をした」と思ったほどであった。猫の慌てぶりを見たゴーシュはすっかり面白くなって、「ますます勢いよくやり」だしたのである。大分参っている猫に、「さぁ、これで許してやるぞ」と彼が言うと、「先生、こんやの演奏はどうかしてますね」と猫はけろりとしている。この態度もゴーシュには気に入らない。

そうして彼は猫に舌を出させて、シュッとマッチを擦る。舌を出すのは普通高慢や軽蔑等を表すのだが、テキストも実際、「猫はばかにしたように尖った長い舌をペロリと出しました」となっている。ゴーシュは、驚いてよろめき逃げようとする猫を「しばらく面白そうに見」「風のように萱のなかを走って行くのを見てちょっとわら」うのであった。

昼過ぎ、楽長に「足をどんと踏んで」どなられていたゴーシュは、その鬱憤を三毛猫にぶちまけて晴らしたのである。彼が猫に、「生意気だ。生意気だ。生意気だ」と三度繰り返した後、テキストはさりげなく「ゴーシュはすっかりまっ赤になってひるま楽長のしたやうに足ぶみしてどなりました」という一文を挿入している。いじめられた者が、さらにもっと弱い者を見つけ出していじめていくように、いじめの連鎖というのがあるのではないだろうか。

中村文昭氏は、「四日間の夜の経験は、ゴーシュに畏怖すべき夜と親密性を深くさせた」と述べている。

童話「セロ弾きのゴーシュ」で響きつづけている音楽とは、譜面の前で引き手と楽器が姿を消す感動の音楽でなく、楽器セロが物質として秘蔵している夜の諸記憶(三毛猫や野ねずみとして現れる霊)を解放する弾き手ゴーシュその人の死の経験である。

(「童話の宮沢賢治」洋洋社)

ゴーシュの感情は、猫が現れた時にはまさしく情熱が爆発したように激しかったのに、猫に「印度の虎刈り」を弾いてやった後はデクレッシェンドのようにだんだんと落ち着いてくる。「怒るも喜ぶも感情というものがさっぱり出ない」という楽長の言葉とは裏腹に、家に帰ったゴーシュはそれらの激しい感情をもろに出しているのだ。芸術家とは、こうした人間の喜怒哀楽を作品や演奏に反映させていくものなのだろうに、ゴーシュの場合はそれがまるでうまくいってなかったらしい。彼にとっての演奏は、日常的な感情とは乖離したところに存在していたかのようである。

私には、懸命にチェロを練習するゴーシュと賢治の姿がダブって見えてくる。実際、一九二六年東京で三日間だけチェロを習った賢治は花巻に戻った後、羅須地人協会でよく真夜中まで練習を続けていたのであった。しかし、いかに彼が丈夫であったとしても、一日の睡眠時間はわずか数時間、食事も豆腐とか油揚げといった質素なものばかりでは、病気になるために活動していたようなものではないか。賢治はまさに、「一日玄米四合と、味噌と少しの野菜を食べ」の生活を地でいったのである。その意味で、賢治を「自己幻想としての思想を芸術のほうへ、実生活そのものをひっぱりこみ、強引にそのなかにおしこめた」詩人と指摘する吉本隆明氏(『宮澤賢治』筑摩書房)は全く正しい。

賢治が死ぬ十日ほど前、見舞いに来た教え子に父政治郎は言ったそうだ。「なあに、だまって農学校の先生やってればよかったのス」。賢治はきちんと坐ったまま、黙って聞いていたという。このあたり、「市民と芸術家」という永遠の対立をテーマとしたトーマス・マンの苦悩を彷彿とさせるではないか。また、カフカにも父親との似たようなエピソードが残っている。カフカと知り合って間もなかった十七歳の高校生ヤノーホが、プラハの散歩が終わった時のことを書いている。

フランツ・カフカとの最初の散歩は次のようにして終わった。――私たちは広場に沿って歩くうちに、ふたたびキンスキー宮のところへ来た。そのときヘルマン・カフカというプレートのついた商店から、黒っぽい外套に光沢のある帽子をかぶって、背の高い恰幅のいい人が現れた。彼は、私たちの五歩くらい前に立止って待受けていた。二人が三歩進んだとき、その人は非常に大きな声を出して言った。「フランツ、お帰り。空気が湿っぽい」

カフカは変に低い声で言った。「父です。私のことを心配しているのです。愛情はしばしば暴力の貌《かたち》をとります。御機嫌よう。またお出でなさい」

私はうなずいた。フランツ・カフカは手を差し出さずに、去った。

(ヤノーホ「カフカとの対話」筑摩叢書)

すでに三十七歳になっていた息子に対するこの言

プラハ

プラハ・カレル橋

葉からだけでも、カフカの父親との関係が十分に推し量れるではないか(私がプラハを訪れたのは、もう五十年近くも前の晩秋だ。夕方になると、細長い棒を持ってガス灯に火を灯しにくる魔法使いのような老婆の姿があった。そして、肌寒く薄暗い石畳の街角から、ひょっこりとカフカが現れてきそうな、そんな雰囲気が漂っていた)。

いい演奏とはそつなく無難に弾きこなすのがいい訳ではなく、聞き手にとっては、少々間違ったとしても思わず曲の中に引き込まれてしまうような雰囲気を醸し出してくれる方がはるかにいいにちがいない。弟清六氏は、賢治とともに従兄弟のところで洋楽のレコードを聞いた時の模様を語っている。

「こいつは何だ。しかしこれは大変なもんだ」……(ベートーヴェン「第四交響曲」第二楽章)とか、「此の作曲家は実にあきれたことをやるじゃないか」……(チャイコフスキー「第四交響曲」第四楽章)とか、「ベートーヴェンときたら、ここのところをこんな風にやるもんだ」などと言いながら、蓄音機のラッパの中に頭を突っ込むようにしながら、旋律の流れにつれて首を動かしたり手を振ったり、踊りはねたりした兄がいまも見えるようである。

（『兄のトランク』）

賢治は「運命」（ベートーヴェン）のレコードを、パステルナーク指揮とフルトヴェングラー指揮の二枚持っていた。後に彼は一番信頼していた教え子沢里武治が徴兵検査に受かった時、フルトヴェングラー指揮の「運命」五枚組をプレゼントしている。羅須地人協会で、賢治はよくこのレコードを聞いていたという。「運命」はフルトヴェングラーが最も得意とする曲で、戦後だけでも彼は七二回も演奏会で取り上げているほどだ。残されている録音の記録を見ると、一番古いのは一九二六年ベルリンでベルリンフィルハーモニーとのものであり、賢治が聞いたレコードは恐らくこの時のものではあるまいか（私が所持しているフルトヴェングラー指揮「運命」のＣＤは、一九四七年ベルリンフィルハーモニーの戦後復帰第一回目コンサートの時に録音されたものだ）。

フィナーレ

さて、金星音楽団は公会堂ホールでの第六番交響曲演奏を、首尾よく仕上げたのであった。「ホールでは拍手の音がまだ嵐のように鳴って」、アンコールを頼まれた楽長は初めのうちこそ断っていたものの、やがて「さあ出て行きたまへ」とゴーシュを指名する。この時点でゴーシュには自分の技最がどの程度まで進歩しているかの認識はまるでなく、それどころか、「どこまでひとをばかにするんだ……」とさえ思っている。しかし(彼の意に反して)、演奏は大成功のうちに終った。自分自身が意識せぬ間に、小動物たちの援助で彼のテクニックははるかに向上していたし、性格も感覚も更に高いレベルへと達していたのだ。彼は自分以外の者に対する「思いやり」や「哀れみの心」、そして「優しさ」を持つに至ったのである。

シドニー・オリンピックで金メダルを取った柔道選手がインタビューの際に、「気がついたら、いつの間にか勝っちゃいました」と言っていたけれど、一瞬一瞬を無我夢中で戦っている者にとっては、恐らくこれが実感というものであろう。

ゴーシュが懸命に戦っていた相手は、己の「傲慢さ」であったかもしれない。その意味で彼は自分自身に打ち勝ったのだし、またさらにはいじめられていた楽長にも勝ったのである。しかし、もっとよく考えてみれば、それを超えて勝利していたのは、あの「かっこう」ではなかっただろうか。演奏が成功した後、ゴーシュはあらためてそのことに気づく。

晩遅く家に帰った彼は、命の水をがぶがぶ呑んでから言うのだ。

「ああ、かくこう、あのときはすまなかったなあ。おれは怒ったんぢゃなかったんだ」

ゴーシュが最後に言うこの一言こそ、まさに賢治が作品の中で一番言いたかったことに違いない。

「セロ弾きのゴーシュ」は、フィナーレのこの一言に向かってひたすら突き進んでいく「夜の叙事詩」なのである。

第三章　ツェとフウとクン

──「クンねずみ」・「鳥箱先生とフウねずみ」・「ツェねずみ」──

古い「ねずみ」物語

賢治童話の前に、昔から伝わる「ねずみ」物語についてちょっとだけ触れておこう。寓意の主人公としては、やはりねずみのような小動物が一番ピタリと当てはまるのだろう。ミッキーマウスが登場してくるよりずっと前から、ねずみは「イソップ寓話」やたくさんの昔話の中で活躍していた。「ねずみ」は昔から人間の近くに住む一番小さな哺乳動物で、それだけにどことなく親近感が湧く一方、日本では例えば「ねずみ浄土」に見られるように何かしら異界との繋がりを連想させる動物だったのかもしれない。この昔話はいわゆる「おむすびころりん」と同類で、地下にはねずみの楽園と財宝があるというのである。簡単なあらすじは、爺さんが餅（あるいは、おむすび）を穴に落としてねずみの世界へ入り込み、猫の鳴きまねをしてねずみが逃げた隙に宝物を持ち帰って金持ち

「鼠草子」

になるというもの。さらに古い「古事記」にも大国主神を助ける一匹の鼠が登場していた。

もう一つ、桃山時代に成立した「鼠草子」では、擬人化された鼠たちの様子が実に面白おかしく描かれていた。こちらも話は単純なのである。

京の都に住む鼠の権頭《ごんのかみ》が、子孫が畜生道から救われるために人間と結婚したいと思いたち、清水観音に祈願すると、その甲斐あってある長者の娘を妻とすることができた。権頭は彼女を寵愛したものの、清水寺へのお礼参りをしていた際に、不審に思った妻に鼠であることがばれてしまう。破局を迎え絶望した権頭は出家して高野山に入った。

鼠と人間の女との夫婦関係は、男の正体を知った娘が逃げ出して、いともあっけなく破綻してしまった。鼠の男（権頭）は正体がばれると、日本昔話の厳しい鉄則通り何処かへ去っていかなければならないのだが、しかし彼は「鶴女房」や「蛙女房」などのように悲しく去っていくのではなく、ましてや「蛇婿入り」や「猿婿入り」のように妻に殺されてしまうのでもなかった。鼠の権頭が出家して高野山に入ったという結末は、当時の人々が、鼠を神に関わる動物と見なしていたことと深く関連しているのかもしれない。

クンねずみの自惚れ鏡

さて、賢治童話だ。彼には「ねずみ三部作」と呼ばれる「ツェねずみ」「鳥箱先生とフウねずみ」「クンねずみ」があって、それぞれに個性的というより、実に嫌味な性格を持った主人公たちを取り扱った物語となっている。まずは、強烈なブラックユーモアで、様々な問題提起をしている「クンねずみ」から見ていこう。

クンねずみは、浅薄な知識をひけらかして得意になっている者を見ると許すことができなかった。己の方がもっと教養があり、上位に立っているという大きな自惚れがあったのだが、しかし彼のその知識たるや、猫の子にすら及ばぬほどお粗末だったということが最後に明らかになる。本人がそれを認識した時にはすでに死が待ち構えているとは、どことなくカフカの「ある流刑地の話(In der Strafkolonie)」の罪人を彷彿とさせるではないか。ここで罪人は殺人機械による鋼鉄の針で背中に自分の罪状を書き込まれていた。「(機械の耙《まぐわ》という部分が)規則正しく活動を続け、小刻みに振動しながら、寝台と一緒に振動している身体へ、その尖端を刺しこんでいきます」という訳だ。

クンねずみがそもそも本物の教養人なら、相手の学歴や知識の欠如などことさら取り立てて馬鹿にする必要などなかっただろう。あまりにもレベルが違いすぎると喧嘩にもならないけれど、どうやら人は自分と似たような者にはライバル意識を抱くようにできているらしい。人によってはその状況が自分を励ましてプラスに作用しさらに成長していくのに、妬み深い人は激しい嫉妬心を抱いて故意に相手を貶めようとする。そうすることによってのみ、己が一段高いところにいると錯覚できるのかもしれない。洞熊学校の生徒だった蜘蛛、なめくじ、狸も同様であった。第三者の目から見て能力差の大きさが歴然としていても、差をつけられている当人だけがまるでその現実に気づかずにいるのは、滑稽さを通り越してただ哀れですらある。そして多くの場合、そうした人たちが人一倍プライドだけは高いのが、面白いことに不思議に共通している。

クンねずみは相手がやや小難しいことを話し出すと、すぐこれ見よがしに「エヘンエヘン」と咳払いをしてその話の先を妨害していた。

「～オウベイのキンコウはしだいにヒッパクをテイしなそう……」

「エヘンエヘン」いきなりクンねずみが大きなせきばらひをしましたので、夕ねずみはびっくりして飛びあがりました。

彼には、そんな仲間を放っておくほどの度量がなかったということは、詰まるところ彼自身話している相手と五十歩百歩のスノッブだったのである。それにしても、得意になっている相手の話を咳払いをして遮ってしまうとは、それだけでもうすでに十分に嫌な奴だろう。しかも、そうした話題にそれとなく水を向けているのはクンねずみ自身なのだから、なおさらである。

クンねずみは「ねずみ競争新聞」の読者である。これが実にいい新聞であるのは、「ねずみ仲間の競争のことは何でもわかる」からで、彼は他のねずみたちよりも自分の方がはるかに優秀だと自己満足していた。知り合いのねずみがねずみ捕りで喰われてしまったのは面白いけど、「新任鼠会議員テ氏」という記事には、「何だ、畜生、テねずみなどより俺を議員にすればいいのに」とクンねずみは怒りが収まらず、散歩に出ていく。しかし、その途中でも誰かが別の人のことを褒めたりしていると、また「エヘンエヘン」と怒鳴って周りを不愉快にさせている。

私の周りにも以前、このねずみと同じようにやたらに人のことが気になって仕方のない女性がいた。異様に噂話が好きな人で、仕事の打ち合わせ中でもすぐに誰かしらを話題にするのだった。はじめのうち私はあまり気にも留めなかったのだが、ふと気が付けばそれは噂というのではなく悪口で、しかもある時は誹謗中傷となり、聞くに堪えないことも少なくはなかった。恐らく本人も気づかぬうち徐々に話がエスカレートし、いつも最後に褒めるのは自分のことなのだから、次第に多くの人たちが彼女から遠ざかって行ったのも当然の成り行きであった。いつの間にか職場を去っていたけれど、だいぶ後になって私は風の便りにその人の自死を知った(全くもって信じられない人間というのがいる。平気で嘘を言い続けたどこやらの総理大臣や、強度の被害妄想で隣国を侵略して殺戮を繰り返し、平然と核攻撃すると脅す大統領など。他の生命への尊厳に対する感覚など皆無なのだろう。本人たちは恐らく自分が間違っているという自覚など微塵もないのだから、なおさら救い難い)。

話を戻そう。散歩に出たクンねずみはプンプン怒りながら、二匹のむかでが親孝行の蜘蛛の話をしているのを聞くと、また「エヘンエヘン」と、いきなり怒鳴って驚かせている。「むかではびっくりして、はなしもそこそこに別れて逃げて行ってしまひました」。とにかく、彼は自分以外の者が称賛されるのは許せない性分なのだ。

次にクンねずみが偶然出くわしたのは、例の「ねずみ競争新聞」に書かれていた鼠会議員のテねずみともう一匹のねずみとが話している場面であった。「～世界文明のシンポハッタツカイリョウカイゼンがテイタイすると～」、この科白の前半は経済とか工業とか現実的実社会の進歩、そして後半は絵画、文学等と芸術分野についてのコメントで、ただ単語を羅列して内容的には何の意味もないものだけど、話しているテねずみは「むずかしい言をあまりたくさん言ったので、もう愉快でたまらないようでした」と続く。何を得意がるかはその人の勝手だが、生半可な知識にはご用心という訳だ。

ところで、ここでよく注意して聞いてみると、カタカナ文字で書かれているねずみの科白のほとんど、つまり「ケイザイ・ノウギョウ・ジツギョウ・コウギョウ・キョウイクビジジュツ・云々」といったものが、実は明治維新以降の日本人による造語であることに気づかされる。江戸時代にはヨーロッパのモノや学問に関する日本語など存在するはずもなく、維新の人々は新しい文明、文化を導入する当初から、それまで日本にはなかったそれらに関する新しい単語を作り出さなければならなかったのである。うろ覚えながら、福沢諭吉、勝海舟、西周などの名がすぐに浮かんでくるのだが、それぞれ「経済」「散歩」「哲学」「理念」などという新語を考案したはずだ。そして面白いのは、その後、近代中国が明治時代のインテリたちが苦労して創作したこれらいくつもの新しい漢字を逆輸入していることである。日本は大昔に中国から受け入れた漢字文化に対して、ささやかな恩返しができたという訳である。

テねずみが小難しいことを話すたびに、彼はまたまた「エヘンエヘン」とお得意の咳払いを始めたのである。ただ、最初の内はそれでも遠慮がちに、相手に聞こえないようにであったとはいうのだが。しかし、そんな我慢も長くは続かず、テねずみの立派な言葉と議論が「しゃくにさわって」、とうとうあらんかぎり「エヘンエヘン」とやってしまったのである。

ところが彼はすぐテねずみに「こいつは分裂だ」と叫ばれて縄で縛られ、挙句の果てに「クンねずみはブンレツ者によりて、みんなの前にて暗殺すべし」ということになってしまった。後悔しても時すでに遅く、みんなに「どうもいい気味だね。いつでもエヘンエヘンと言ってばかりいたやつなんだ」「やっぱり分裂していたんだ。あいつが死んだらせいせいする」とまで言われる始末。いつも陰険にそれとなく「エヘンエヘン」と遠回しに相手を馬鹿にしていた彼も、テねずみの思いがけぬ正面切った攻撃には、反抗する余裕すら失ってしまったのだろう。ここまででも十分に面白い話で、「だから皆さん、人を馬鹿にしていると、こんな目に合うのですよ」と、教訓を付けて終了してもいいところが、物語は更に続いていく。思いがけなくも突然に現れた猫大将が、縛られて逃げられずにいたクンねずみを見つけることになる。

賢治童話には、時折このように突然に現れて一気に物事を解決していく、一般の者たちを超越した大きな存在が登場してくることがある。読者としては、これでいっぺんに胸のつかえがとれるという訳ではあるが。例えば「狼森と笊森、盗森」では、納屋から栗を盗まれた百姓たちが盗森に「栗を返して呉ろ」と怒鳴ったものの、「俺をぬすとだというやつは、みんなたたき潰してやるぞ」と脅されていた。その結果、みんな恐ろしくなって、「お互いに顔を見合わせて逃げ出そうと」したその時、突然「いやいや、それはならん」という厳かな声がしたのである。「見るとそれは、銀の冠をかぶった岩手山でした。盗森の黒い男は頭をかかえて地に倒れました」。

　そう、道理に合わぬことには大自然ですら怒るのである。同じく「猫の事務所」でも、みんなに陰険ないじめを受けて泣いていたかま猫の前に「金いろの頭をしたいかめしい獅子」が現れて一喝していた。「お前たち何をしてゐるか。そんなことで地理も歴史も要ったはなしではない。やめてしまへ。えい、解散を命ずる」。かうして事務所は廃止になりました。さらに「カイロ団長」でも、あまがえるに無理難題をふっかけていた団長の前に、いきなり「王様の新しいご命令。すべてのあらゆるいきものはみんな気のいいかあいそうなものである。けっして憎んではならん、以上」という絶対的な権力者の命令が出て、かえるたちが救われている。

　猫大将の突然の出現にねずみたちはあっという間に逃げ去って、クンねずみだけが縛られて残っていたのであった。「なぜこんなにしてゐるんだ」と聞かれたねずみが、「暗殺されるためです」と言うのには笑ってしまう。少なくとも、秘かに殺されるのが暗殺で、堂々とみんなの前で殺されるなら、それは公開処刑というのではないか。しかも、この言葉が用いられるのは政治的に重要な人物等なのだから、おかしさは倍増する。それにしても、猫大将は、「それはかあいそうだ」と同情して、さらに「俺の家の四人の子供の家庭教師になってくれ」と言ったのだ。

うるわしき誤解の塊「鳥箱先生」

やはり最後に猫大将が登場してくる「鳥箱先生とフウねずみ」を読んでみよう。ここではフウねずみも、最後に突如として嵐のように現れた猫大将に捕まえられて、「地べたにたたきつけ」られてしまった。

鳥箱はある日、一疋の子供のひよどりが自分の箱の中に入れられてバタバタしながら泣いているのを見て、「泣いちゃいかん」と一喝し、その時「ははん、自分は先生なのだ」と気が付いたのだという。まあ、本人の自覚だけで先生になれるかどうかはまた別な問題として、ここでは先生像を一応一般的に敷衍している「学問、技術、芸能を教える人、特に学校の教師」としておこう。もともとの「先生」の意味は読んで字の如く「自分より先に生まれた人」、つまり年長者のことで、場合によっては少しばかり人を馬鹿にして用いることもある。そして、この鳥箱も先生だと思っているのは本人だけで、生徒のひよどりからは大いに嫌われていたのであった。

「(ひよどりは)目をつぶっても、もしかひょっと先生のことを考へたら、もう胸が悪くなるのでした」

二〇二一年暮れのあるテレビ番組で、小中学校のおよそ半分以上の生徒たちが、「先生と合わない」と回答していたのが強く印象に残っている。生徒たちからまるで信頼されていない先生とは、どうしたものだろう。大学と同じように、こまめに授業アンケートでも実施するなら少しは良くなっていくものであろうか。今はどの大学でも麻疹の如く(あるいは文部科学省の通達のためか)当たり前に授業アンケートをやっているのだが、これも始めた当初は、「どのような質問をすべきか」暗中模索の状態であった。「教師の声は聞き取りやすいか」「教師は熱意をもって授業に臨んでいたか」等はまだ理解できるものの(とはいっても、聞き取りにくいしゃがれ声やもともと小声の人もいる。また、熱意というのも個人差があるし、実に抽象的表現ではないか)、「教師の身だしなみはどうだったか」等となると少々考え込んでしまう。現在ではこのアンケートが教師の人気バロメーターと化し、妙に学生におもねる教師もなきにしもあらず。講義中、学生を厳しく注意しようものなら、アンケートにどんな悪口を書かれるか分かったものではない。昔、友人が受講した音楽評論で知られた老教授は煙草を片手に、時々ビールを飲みながら話をしていたというが、まさに、古き良き時代の終焉、「昭和も遠くなりにけり」である。

自分の箱の中で四羽も立て続けにひよどりが死んでしまって、すっかり信用を無くした鳥箱先生は物置の棚に移されてしまった。すると、そこへやって来たねずみが先生をかじって、「みだりに人をかじるべからず」と諭されて感動し、子供のフウねずみの教育を頼んだのである。箱に入れられていた四羽のひよどりは、それぞれに餓死したり、赤痢や孤独死、そして猫大将に連れ去られる等々、哀れな死を遂げたというのに、鳥箱先生はフウねずみの母親に平気で嘘をついていた。「〜

どれもみんな、はじめはバタバタ言って、手もつけられない子供らばかりだったがね、みんな、間もなく、わしの感化で、おとなしく立派になった。そして、それはそれは、安楽に一生を送ったのだ。栄耀栄華をきわめたもんだ」。恐らくこの先生は自分で思ったことや理想とすることを、そのまま本当の出来事として信じることのできる幸せな性格の持ち主なのだろう。願望をいつの間にか事実と錯覚し、妄想的ではあるが論理は一貫しているという一種のパラノイアparanoiaに違いない。私自身、こうしたタイプの人を知っているし、日本を敗戦に導いた旧軍部の人々や、現代の政治家の中にも平気で嘘を吐く人が時折見られるではないか。悪を悪と認識できず、嘘を嘘とも思はない欠陥人間が権力にしがみつく様はすでに滑稽さを通り越して、人類にとって最大の恐怖である。悪いのは常に自分以外の誰かなのだから。

鳥箱先生のしつけはねずみの習性を無視した机上の空論というべきもので、まるで噛み合わないそのやり取りが愉快である。

「なぜ、おまえは、ちょろちょろ、つまだてしてあるくんだ。男といふものはもっとゆっくり、もっと大股にあるくものだ」

「だって先生、僕の友だちは、誰だってちょろちょろ歩かない者はありません。僕はその中で、一番威張って歩いているんです」

その人の個性を無視して、いたずらに一般論に当てはめようとしても、反感をかうだけであろう。猫大将が現れたのは、鳥箱先生が「実にこの生徒はだめな奴だ」とフウねずみを見放そうとしたまさにその瞬間であった。そして、最後に猫大将の言う科白は、きっと賢治が一番主張したかった事であったに違いない。

「～先生もだめだし、生徒も悪い。先生はいつでも、もっともらしいうそばかり言っている。生徒は志がどうもけしつぶより小さい。これではもうとても国家の前途が思いやられる」

「賢治先生は、穏やかな人だけど、どこか鋭い威厳があって、悪ふざけを仕掛けるのはむずかしかったですね」という、教え子の証言が残っている。

根子吉盛は、ある日、生徒たち二人がノートもとらず頭を突つき合ってふざけているのを見つけたときの賢治のことを、鮮明に覚えている。

「賢治先生は、黙ってじっとそれを見ていたのですよ。それから、自分が持っていたチョークを、いきなりガリガリと噛みはじめました。みんな、しぃんとしてしまいました」

根子は言う。

「賢治先生にはそれが、自分のふがいなさに感じられたのですね……それに比べて今の他の学校の先生たちは、生徒ばかり責めて、自殺させてしまったりする」（畑山博「教師宮澤賢治のしごと――非行問題・学力試験」『群像日本の作家12　宮沢賢治』小学館）

惑い箸の行方「ツェねずみ」

もう一つの姉妹編「ツェねずみ」を読んでみよう。

実はこのねずみのことは、クンねずみが愛読している「ねずみ競争新聞」記事に「ツェねずみの行衛不明」として書かれていたのである。

「天井うら街一番地、ツェ氏は昨夜行衛不明となりたり。（中略）ポ氏は、昨夜深更より今朝にかけて、ツェ氏並びにはりがねせい、ねずみとり氏の、烈しき争論、時に格闘の声を聞きたりと、以上を綜合するに、本事件には、はりがねせい、ねずみとり氏、最も深き関係を有するが如し。本社は更に深く事件の真相を探知の上、大いにはりがねせい、ねずみとり氏に筆誅を加えんと欲す」と。ははあ、ふん、これはもう疑いもない。ツェのやつめ、ねずみとりに喰われたんだ。おもしろい。

この部分を読むだけで、読者には大体何があったのかがわかろうというものだ。「意地悪ねずみ」ツェは、まさにみんなの嫌われ者なのであった。イソップのような教訓が述べられてはいなくとも、恩を仇で返す様な者の末路はどうなるかがはっきりと示されている。

「お前んとこの戸棚の穴から、金平糖がばらばらこぼれてるぜ、早く行ってひろひな」と親切ないたちに教えられたツェねずみが行ってみると、既にそこには蟻の兵隊たちがいて、足をチクリとかまれてしまう。そのうえ、「早く帰れ」と脅されたねずみは、震えながらいたちの所へ行って、「(金平糖は)みんな蟻がとってしまいましたよ。私のような弱いものをだますなんて、償《まど》うて下さい。償《まど》うて下さい」と、いたちの親切に感謝するどころか、逆に、「悪いのはお前の方なのだから、保障しろ」と、相手を非難したのだ。親切にされたのに、その結果が悪いからといって相手を逆恨みするとは、何とも情けない最低の人間(ねずみ)ではある。相手の動機が純粋であるのなら、結果の如何を問わずやはりそれは感謝すべきではないか。最初からだましてやろうとして近づいて来る者に較べたなら、それこそ雲泥の差があるというものだ。逆恨みされたいたちが激高したのは当然であった。ねずみにあまりにしつこく「まどうてください」と迫られたいたちは、自分の金平糖を投げ出して言ったのだ。「えい。それ。持って行け。てめいの持てるだけ持ってうせちまえ。てめいみたいな、ぐにゃぐにゃした、男らしくもねいやつは、つらも見たくねい。早く持てるだけ持って、どっかへうせろ」。他の者たちに較べると、このいたちだけがこんな風に江戸っ子のような小気味いい啖呵を切ってねずみを咎めているのが痛快である。

それにしても、この後ツェねずみが天井裏へ戻って「金平糖をコチコチたべました」というオノマトペには思わず笑ってしまう。こんな表現は他ではあまり聞いたことがないけれど、金平糖のような固い砂糖菓子にはこの「コチコチ」食べるという表現はピッタリではないか。この前に、いたちがとうもろこしの粒を噛んでいる場面は、「歯でこつこつかんで粉にしていた」とあり、注意して読んでみると作者は餌によって食べ方のオノマトペをそれぞれに変えてるのだ。「(ツェねずみは)むちゃむちゃむちゃと半ぺんをたべて、またプイッと外へ出ていきました」。鰯を食べる時は「～ピチャピチャピチャ喰べて、またプイッと出てきて、それから大風に言いました。あしたまたきてたべてあげるからね」。

親切にされているというのに全く気付くことなく、逆に自分の方が恩を売っていると思い込んでいるこの度し難い性格は、結局のところ救い様がないということだ。別役実氏は、この「ツェねずみの戦術は、敵の内懐にとびこみ、その力を封鎖するというやり方に似て、従来の格闘の力学では決して打破できない」と述べる。「それが周囲のものを、苛立たせるのである。そして、この戦術から無害であるためには、ツェねずみの存在そのものと無縁になるよりほかはない。そこで、周囲は次々と、彼との関係を断ってゆくのである。ところで、言うまでもないことであるが、このツェねずみの戦術にも、弱点がある。そのことを最後に、ねずみ捕りが示してくれるのである」。(別役実「イーハトーボゆき軽便鉄道」白水Uブックス、二〇〇三年)

ツェねずみが次に仲良くなったのは一本の柱だった。柱は、「ぼくのすぐ頭の上にすずめが持ってきた鳥の毛やいろいろ暖かいものが沢山ある」と親切に教えたのだが、ツェねずみはそれらを運んでいるうちにストンと転げ落ちてしまった。そして、自分が勝手に転んだのにもかかわらず、「柱さん。お前もずゐぶんひどい人だ。僕のような弱いものをこんな目にあはすなんて」と、相手を攻め立てたのである。こんな調子でツェねずみは、親切にしてくれたちりとりやバケツにも絶交されてしまった。そして、ツェの付き合っていなかった道具仲間で最後に残っていたのが、「針がねを編んでこさへた鼠捕り」なのであった。

「実は鼠捕りは、人間よりは鼠の方によけい同情があるのです」と、さりげなく書かれてはいても、元来その道具はねずみにとって猫同様に最大の敵のはずではないか。それにもかかわらずツェねずみは、「中に入っているゑさだけあげるよ」という鼠捕りの甘い言葉に乗せられて、「プイッと中へはひって、～またプイッと外へ」出て来たのだ。一度目はうまくいったものの、しかし、次の日、下男から「どうも、このねずみとりめは、ねずみからわいろを貰ったらしいぞ」と疑われてプリプリしていた道具は、餌に付けた鍵がはずれて、意に反してねずみを閉じ込めてしまったのである。ツェねずみが気が狂ったように騒いでも、もう既に後の祭りなのであった。この作品は親切にしてくれる人を逆恨みする者の愚かさを扱って、それが「あまりにもあからさまであるうらみがある」(「銀河鉄道の夜」谷川徹三解説、岩波文庫)という指摘もあるけれど、私には、だからこそこの結末の痛快さが一段と強調されているのではないかと思われる。ここでも最後に顔の真っ赤な下男がこおどりして口にする科白は、読む者の留飲を下げるような効果を生み出しているという訳だ。

「しめた。しめた。とうとうかかった。意地の悪そうなねずみだな。さあ、出て来い。小僧」

カフカにもこれに似た、鼠捕りにかかった小鼠について書いた小品があるのだが、こちらは鼠とユダヤ民族とをダブらせて考えてみると、また不気味な様相を呈してくる。

「小ネズミ」

ネズミたちの世界でとびきり愛されていた小ネズミが、ある夜、ネズミ取りに入り、ベーコンに手を出したとたん、ひと声あげてお陀仏した。そのとき周りにいたネズミたちは全員、穴のなかでふるえ、おののいた。目をキョトキョトさせながら、たがいに顔をみかわしていた。尻尾だけが意味もなくパタパタと床をたたいていた。それから一匹ずつ押し合って、おずおずと穴から出てきて、死の現場にやってきた。愛らしい子ネズミの首に鉄がくいこんでいた。バラ色の脚がちぢこまり、ほんのひとくちでもベーコンを味わわせてやりたかった、そのきゃしゃなからだが硬直していた。死体のそばに両親がいて、しげしげとわが子を見つめていた。

（カフカコレクション「万里の長城」池内紀訳、白水Uブックス）

「クッねずみ」再び

「クッねずみ」の後半に戻ろう。

暗殺から救われたねずみは、猫大将の立派な家についていって算術の家庭教師になったのだが、ここで大将が自分の子供等に言う毒のきいた科白には笑いを誘われる。「お前たちはもう学問をしないといけない。ここへ先生をたのんで来たからな。よく習うんだよ。けっして先生を喰べてしまったりしてはいかんぞ」。しかし、クンねずみが教えようとしたたし算や引き算、さらに、かけ算や割り算などを子猫たちはすでに十分わかっており、彼らのあまりの賢さに腹を立てたクンねずみは黙っていればいいものを、またまた例の「エヘンエヘン。エイエイ」をやってしまったのである。やはり一度身に着いた傲慢な癖は、おいそれとは治らないようだ。すると子供たちは、「何だい、ネズミめ。人をそねみやがったな」と言いながら、クンの足を一匹が一本づつかじり出したのである。そして最後には、「とうとうおしまひに四ひきの子猫はクンねずみのおへその所で頭をこつんとぶっつけました」となる。四匹の子猫にジワジワと手足をかじり取られるねずみとは、何とも残酷な場面のはずなのに、そうならないのはあまりにも素っ気なく単純に書かれているからだろう。「血や肉片が飛び散って云々」といったリアルな表現は小説にこそふさわしいものだ。主人公が殺されたというのに可哀想という感慨もわかないのは、偏にクンねずみの性格の悪さのせいと、「猫がねずみを喰うのは当たり前」だからだろう。だから、「何を習ったのか」と質問する猫大将に、「ねずみを捕ることです」との子猫たちの答えはまさに正解なのである。

むかしカフカの「ねずみ」について書いた一部（日本学12「カフカ、そして浦島太郎をめぐって」名著刊行会)を引用して、この章を終えることにしたい。

束縛を求める人々

「ああ」とネズミは嘆いていたのだという。「世界は日増しに狭くなっていく」と。これはフランツ・カフカの「小さな寓話(Kleine Fabel)」という短編の出だしである。短編と書いてしまったが、そう呼ぶにもあまりに短いわずか数行程の小品なのだ。カフカには他に有名な作品は沢山あるのだけれど、これは私の大好きなものの一つである。世界が広すぎて不安を抱き、そして今度は狭まっていくことを嘆いているネズミとは、一体何者なのだろう。

例によっていかようにも解釈することのできる「カフカの世界」が始まった。ある人は、したり顔で言うかもしれない。「ネズミとはユダヤ人のことさ。追いつめられるユダヤ民族にカフカは危機感をつのらせていたからね」と。また、ある人は「いや、これはただ人間一般を云っているのさ」と反論するだろう。なんの基準もないことは、われわれをとても不安にさせる。人間が、やたらに規則や法律を作りたがるのも、結局のところ原因はそんなところにあるのかもしれない。基準ができると人々は(否、特に日本人はと云うべきか)、いたく満足するらしい。細かい校則を作ったり、大学や会社のランキングなどというのも、その延長線上にあるのだろう。

全ての大学を一校漏らさずランク付けし、数字によって客観的に順位が表現されると、人々は不思議なほど納得させせられてしまうようだ。少しでもランクの高い大学や会社に入れば、それで自分のステータスは確立し、バラ色の未来と幸福とは既に約束されたも同じこと。だが果たしてそうだろうか。ある日、気がつけば、四方を高い壁に囲まれて、がんじがらめになっている自分を見出し、唖然とする人間が少なくないのではないだろうか。

ちょっと横道に入ろう。

数年前のことだ。ドイツの友人が、日本で家庭教師のアルバイトをした。日本人の母親が聞いた。

「どちらの大学を卒業なさいましたの?」

「北ドイツのH大学を出ました」

母親は珈琲を飲みながら聞いていたが、しばらくするとまた尋ねた。

「で、そこは一流ですの?」と。

その質問を理解するのに、友人は少々手間どったという。それはそうだろう。ドイツの学生たちは自分の専攻する学部や師事したい教授によって大学を選ぶのが普通であるし、おまけに大学のおよそ九割までが国立であり、各大学間に程度差が存在するという発想は彼等には全く湧かないかもしれない。

しかし、友人もしばらく日本に住むうちにすぐその考え方には順応したようだ。その証拠に、彼は時々「一流会社」とか「三流大学」という言葉を口にするようになった。

ランク付けをするのは実に便利なことである。ランク表という眼鏡で見れば、会社も学校も個々の人間でさえ全てがわかってしまい、あらゆることが解決したような気にさせられるのだから。

「小さな寓話」では、最後にネズミは猫に食われておしまいになるのだけれど、この猫の意味するものも様々に議論の分かれるところだ。運命なのか、あるいはある民族を迫害する別の民族なのか、それとも神様とか全く別な存在なのか。

ここで、やはり猫とネズミが登場するグリム童話「猫とねずみとお友だち(Katze und Maus in Gesellschaft: KHM2)」を見てみよう。

友人である猫とネズミは一緒に暮らしている。二匹は脂肪をつぼに入れて保存するが猫はネズミを騙してそれを全部食ってしまい、ネズミにそのことがばれた時、猫は「だまれ」と言ってネズミをも食ってしまうのである。

「どうです。世の中はこんなもんですよ」という作品の最後の部分には、戦慄さえ覚える。これもいろいろな研究者が様々に解釈しているのだが、ここではそのことに触れないでおく。ただ、カフカの作品と同じところは、どちらも最後に猫がネズミを食ってしまったという点だろう。それ故、これらの作品は、ハッピー・エンドに終るというメルヒェンの規則からは大きくはずれており、その意味で二つともアンチメルヒェン(Antimärchen)という共通点をもっている。

「ねずみ」

「猫とネズミとお友だち」は、グリム童話の中でも異質なものといっていい。この作品がカフカに影響を与えたという証拠はまるで無いのだが、しかし、カフカが「グリム童話」を読んでいたり、メルヒェンが好きだったということは、ヤノーホや晩年の恋人ドーラ・ディアマントの証言で明らかなのである。

私には、グリムよりカフカの小品の方が、内容といい面白さといいはるかにまさっていると思われる。「小さな寓話」は、見方を変えて解釈するなら、一人の人間の成長過程を描いたともとれるだろう。子供時代はなんら束縛のない自由な世界に住んでいる人間も年をとって大人になるにつれて、徐々に様々な規則に縛られるようになる。

気が付けば、いつの間にか少しばかりカフカの迷宮に入り込んでしまったようだ。ところで、先ほどこれはわずか数行の小品であると書いたのだから、やはり作品を載せておくべきであろう。最後に作品を持ってきて、読む方々に再読を強いてしまうというのも、カフカの悪しき影響であるかもしれない。

「ああ」と、鼠は言った。「世界は日ましに狭くなっていく。最初は、ずいぶん広くて不安でたまらなかったものだ。おれは、走りつづけた。そして、ついにはるか遠くに左右の壁が見えはじめたとき、すっかりうれしくなった。

ところが、この長い壁のやつらは、あっという間におたがいの間隔をちぢめて、いまはもう最後の部屋まで来てしまった。そして、あそこには、おれがとびこむ罠が待ちかまえている」

――「走る方向を変えさえすればいいんだよ」と、猫は、そう言うなり、鼠を食べてしまった。

（「カフカ全集（2）」前田敬作訳、新潮社）

ふと思い出した「ねずみ」の小咄。

一匹のねずみを捕まえたおやじ。近所の男に自慢する。

「どうだ、大《でけ》えだろう」

「てえしたこたあねぇ。小《ちい》せえじゃねえか」

「いや、大《でか》いよ」

「小せえよ」

その時、ネズミ捕りのなかでねずみが「中《チュウ》！」

最後に、日本昔話の「めでたし、めでたし」や「どんとはれ」と同じようなドイツ昔話の「結びの決まり文句」をいくつか載せておこう。どれも「ねずみ」の出てくるのが面白い。

「はつかねずみがやってきた。おはなしは、おしまい」

「うたはおしまい。あすこで、ねずみがはねている」

「おはなしはおしまい。あすこにねずみがあるいてる、まっかなおべべをきているよ。さあさあ、おつぎのはなしが、はじまり、はじまり！」

「あすこにちょろちょろしているのは、はつかねずみ。どなたでもあれをつかまえたかたは、あれで大きな大きな毛皮の頭巾をこしらえて、ごじぶんのになさいまし」

「おや、川へはいっちゃいけないったら」（オツベルと象）

第四章　虚栄と韜晦と邪教——三つ巴の果て
——洞熊学校を卒業した三人——

プロローグ

「赤い手の長い蜘蛛」と「銀いろのなめくじ」と「顔を洗ったことのない狸」とが洞熊学校で同級生だったという「洞熊学校を卒業した三人」は、何とも奇妙な物語である。何かしらの関連性があるとも思えぬこの三人(匹)の登場人物(?)たちが、それぞれ試験で一番になったりビリになったりして無事卒業した後、どんなふうに生きていたかをテーマとしている。蜘蛛となめくじと狸という、このままで一切脈絡のない三匹を主人公とした理由など理解する方が無理というものだが、共通点も見えない主人公たちを扱って、賢治自身ひょっとすると笑いを噛み殺しながら書いていたのかもしれない。

これら三人は洞熊先生の教え通り、一番になろうと競争していたという。しかし、一年の時蜘蛛が一番になったのは、他の二人(匹)がいつも遅刻していたためだったし、二年次は先生が計算を間違えたためなめくじが一番、三年次は先生の目の具合が悪く、カンニングに気付かなかったので狸が一番という、何とも支離滅裂な学校ではあったのだ。ただ、まあ何であれ、生徒たちが一生懸命に打ち込むものがあったというのは良い学校だったのかもしれないのだが。物語は学校を卒業した三人がそれぞれどのように生きたのか、まずは今ちょっと述べた序章の様な簡単な説明があって、その後に「蜘蛛となめくじと狸」という先行作品のタイトル通りの順番で語られる。

一年生の時に三人が習ったのは「うさぎと亀のかけくら」と「大きいものがいちばん立派だ」ということで、その結果「みんなは一番になろうと一生けん命競争」したのだという。「うさぎと亀」は恐らくイソップからの話だろうが、しかしこの寓話の言わんとするところは「生まれつきがゆるがせにされると、それはしばしば努力に打ち負かされるものだ」(岩波文庫)ということで、「一番になれ」などとはどこにも書かれてはいない。一つの出来事でも見方や立場が変わると、様々な考え方(や都合の良い解釈)が出てくるものである。三人の生徒たちが真似をしたのは、この物語の油断大敵という教訓ではなく、むしろ「亀は眠っている兎の側を走りすぎて目的に達し、勝利の褒美を得ました」といった部分だったのだろう。亀は眠っている兎を起こしてやることなく、相手を出し抜いて自分だけさっさとゴールインしてしまったのだから、ここには「思い遣り」とか「友情」などという純な若者の精神はまるで見られない。だから、卒業にあたって三人は一応形式的な謝恩会をしたものの、腹の中では互いに「相手を馬鹿にしていた」というのも当然だっただろう。

ところで、以前、学生たちに、よく知っているグリム童話のタイトルを挙げてもらったところ、どれがグリム作品で、どれがアンデルセンやイソップなのかを混同している人が結構多かった。そして、その時もう一つ気づいたのは、これら三人がそれぞれ一体いつ、どこで活躍したのかが意外に知られていないことであった。「一番古い時代の人は誰？」と尋ねてみたら、正解は二十名中三、四人ほどであったろうか。

グリム兄弟（ドイツ人）とアンデルセン（デンマーク人）は一九世紀のほぼ同時代人で、アンデルセンはグリム兄弟に会うためにベルリンの家を訪ねたこともある。

イソップはといえば、歴史家ヘロドトスによると、紀元前六世紀頃古代ギリシャに生存し、寓話作家として名声を博した奴隷だったらしい。イソップ（ギリシャ語ではアイソポス）がギリシャ人で、しかもイエス・キリストよりずっと古い時代に生きていたと聞いて驚く人は多いかもしれない。

しかし、宗教改革の立役者であったマルティン・ルターなどは、「（イソップの寓話は）ただ一人の人間が作ったものではなく、何世紀にもわたって多くの人々が営々と書き継いだ本である」と主張している。ルターはイソップ寓話をドイツ語に翻訳し序文を付しているが、そこでは「イソップなる人物はこの世に存在しなかった」（中務哲郎「イソップ寓話の世界」ちくま新書）とまで明言している。

日本文学科のある女学生に卒論のテーマを何にするのか尋ねたところ、日本昔話をやってみたいという。しかしそれではあまりにも漠然としているから、例えばどういった作品を研究したいのかを聞くと、「うさぎとかめ」のような素朴なものとの答であった。「でもそれは日本昔話じゃなくて、イソップ寓話だよ」と私が言うと、彼女は「エー、本当ですか」と心底驚いた様子。「うさぎとかめ」は大昔から日本に伝わってきた話だと信じて、少しも疑わなかったらしい。こうした麗しき誤解は別段彼女に限ったことではなく、恐らくわれわれの中にも大なり小なりあるのではないだろうか。

十六世紀末キリスト教宣教師によってもたらされた「イソップ寓話集」は、ローマ字で印刷された「エソポのファブラス」が出版された後、仮名草子の「伊曽保物語」が出され、日本人には馴染み深いものとなっていたようだ。その後、天保十五年(一八四四年)には為永春水が万治本(万治二年、一六五九年に出されたもの)を基に、イソップ寓話集を日本的な教訓書に脚色して出版し、更に明治時代になって小学校教科書に紹介されたこともそれがわれわれに身近な物語となった理由の一つではあるまいか。

今日「兎と亀」で知られているこのタイトルは、もともと二匹の動物の順序が逆で、「亀と兎」になっていた。二つの単語を並べる場合には、やはり前に来る方にウエイトが置かれるのが普通だろうから、最後に勝ちを収める主人公の亀を先に配置したオリジナルテキストは正しい語順といえる。ではなぜ日本でその順番が入れ替わってしまったのかはよくわからないけれど、一つ考えられるのは、言葉のリズムということではないかと思う。

グリム童話「白雪姫」のタイトルも、以前はドイツ語の原題 Schneewitchen(Schneeweißchen)を忠実に訳して「雪白姫」となっていたのが、後に雪と白の順序が逆になって、「白雪姫」という今の形に落ち着いている(英語でもSnow Whiteとなって、雪が先で白が後にきている)。これはある出版社が「ゆきじろ」といった濁音を嫌い、むしろ「しらゆき」の語感を好んだからといった話を聞いた記憶がある。「亀と兎」に濁音は入っていないけれど、この延長線で考えてみると、われわれが既に昔から耳に馴染んできたせいか、三つの音を持つ兎を前に置く方がリズムの安定がいいような気がするのだ。

あらためてこの原作を読んでみると、わずか数行ほどの短さに驚かされる。

明治時代日本で広く歌われた唱歌「兎と亀」は、原作に較べるとやや具体的である。明治三十四年七月「幼年唱歌」に発表されたこの童謡が今日までずっと歌い続けられているのは、幼い子供にもわかり易く親しみが持てるバラード形式の歌詞と、シンプルなメロディーによるところが大きいのではあるまいか。明治二十九年生まれの賢治が耳にしていた可能性はあるだろう。

（1）　もしもし亀よ　亀さんよ
世界のうちでお前ほど
歩みののろい者はない
どうしてそんなにのろいのか

（2）なんとおっしゃる　兎さん
そんならお前と駆けくらべ
むこうの小山のふもとまで
どちらが先に駆けつくか

（3）どんなに亀が　急いでも
どうせ晩までかかるだろ
ここらでちょいと一ねむり
グーグーグーグーグーグーグー

（4）これは寝すぎた　しくじった
ピョンピョンピョンピョンピョンピョン　ピョンピョンピョンピョン
あんまりおそい兎さん
さっきのじまんはどうしたの

（作詞・石原和三郎。　作曲・納所弁次郎）

原作には入っていない「グーグー」とか「ピョンピョン」といったオノマトペの面白さ、そして

「むこうの小山のふもとまで」という目的地の明快さが、子供にも親にも好まれた理由ではないだろうか。

十八世紀のドイツの作家レッシング(G.E.Lessing)が寓話の本質について定義しているのを引用しておこう。

「われわれが一つの一般的な原則を、一つの特別な事例に与え、この特別な事例に現実性を賦与して、一般的な原則が直観的に認識されるごとき物語を創作する時、かくしてつくり出されたものを寓話とよぶ」

(「日本昔話辞典」弘文堂)

簡単に言ってしまえば、寓話には必ず「教訓」が含まれているけれど、童話の場合それは決して必要条件ではない。「亀と兎」は要するに、「油断大敵」「慢心は身を滅ぼす」、あるいは「こつこつ努力する者が、最後には勝利を収める」といった教訓話なのである。亀と兎といった何ともちぐはぐな小動物を擬人化して、誰にでもわかりやすい人生訓を述べていくイソップの手法は鮮やかであり、また、一番の弱者に味方して物語を展開するその視点こそ、数千年の時を経ても、なお人々に支持されてきた大きな理由の一つであろう。

地上では歩みののろい亀でも、一度水に入った時の速さはそれこそ兎など歯が立たないだろうし、そもそもその前に溺れ死んでしまっただろう。だが、亀は条件を変えずに、地上で兎と対決して勝利を収めているのだから、やはり大したものではないか。

ところで、グリム童話にもこの寓話に似た「兎とはりねずみ(Der Hase und der Igel: KHM187)」があるのを付け加えておこう。自分の足を兎に馬鹿にされたはりねずみが兎と畑の畝と畝の間を走って、どちらが先に反対側に着くか競争することになった。用意ドンで兎が一目散に飛び出すと、はりねずみは二、三歩走って畝の中にペタンとうずくまってしまう。まっしぐらに走った兎がゴールに到達する直前、それまで畝の反対側でうずくまっていたはりねずみの妻が突然立ち上がって、「もう来てるぞう」と怒鳴りつけたのだ。「なにしろ、だれでも知っているとおり、はりねずみのおかみさんというのは、見かけがご亭主とそっくりおんなじなのですから、まちがえるのも無理はありませんやね」(岩波文庫)という訳である。

もう一つ、一番高く飛べたものが鳥たちの王様になることにしようというグリム童話「みそさざい(Der Zaunkönig: KHM171)」についても書いておこう。洞熊先生も「一番になるのが偉い」というなら、こちらの物語の方が三人の生徒たちの心には響くと思うのではあるまいか。ただ、数多いグリム童話の中ではあまり知られていない話だから、見逃されても仕方がないのだけれど。この話のルーツは古く、紀元二〇〇年頃のインドの説話集「パンチャ=タントラ(panchatantra)」まで遡れるのではないかといわれているほどである。

あるお天気の良い朝、鳥たちは一斉に空に飛び立ち、一番高く飛んだのはワシであった。

下にいた鳥どもは、わしにむかって、口をそろえて、

「おぬしがみんなの王さまにきまったぞう、おぬしよりも高くとんだものはない」と、わいわい言うのをきいて、

「おいらのほかにはなあ」とわめいた、名もついてない、ちいっぽけなやつがありました。これは、わしの胸毛のなかにかくれていたので、ちっともつかれていないものですから、上のほうへまいがって、神さまがお椅子に腰をかけていらっしゃるのが見えるくらいのところまでのぼりました。それから、そんなとこまで行ってから、はねをたたんで、下へ落ちてきて、下へくると、天性《もちまえ》のつきとおるような、かんだかなこえをはりあげて、

「王さまは、おいらだぞ！　王さまはおいらだぞう！」とどなったものです。


（岩波書店）

虚栄の果て――「平家物語」の如き儚さ

賢治作品に戻ろう。はじめに「蜘蛛はどうしたか」が語られる。

ひもじい蜘蛛が頑張ってかけた二銭銅貨ほどの大きさの網に、小さな子供のあぶがかかったのだ。あぶが泣いて「ごめんなさい」とあやまっても、蜘蛛は何も言わず全て食い尽して網を一回り大きくした。弱肉強食の動物世界で一々餌を憐れんでいたなら、真っ先におのれ自身が死ぬしかないと

いうことだ。学校を出たての蜘蛛は何も持っておらず、「いまに見ろ」というハングリー精神だけで生きていたのである。後になって銀色のなめくじがからかいに来た時、「おれは虫けら会の副会長になるんだぞ。くやしいか」と逆にやり込められているところをみると、蜘蛛にとっては社会的地位がきっと一番重要なことだったのだろう。それはなめくじも同様だったらしく、彼は蜘蛛の話を聞いて「熱病になって」しまったほど悔しがっていたのである。ないものねだりをするのは人の常とはいえ、中身がまるで伴わずに、外見や社会的ステータスだけを追い求めるのはむなしいものだ。

次に蜘蛛のところへやって来たのは、目の見えないかげろうであった。その腹に蜘蛛がいきなり噛み付くと、かげろうは「娘への遺言のあいだ、しばらくお待ちくだされ」と言うのだった。蜘蛛も少し哀れに思って「よし、早くやれ」というこの場面、「平家物語」で西の搦手口《からめてぐち》、一の谷の大将軍であった薩摩守忠度《さつまのかみただのり》の最期にそっくりである。敵の小者に右腕を肘の下から斬りおとされた忠度は、もうこれまでと「念仏を十遍となえる間、のいておれ」と唱えだしたのだったが、念じ終わる前に首を斬りおとされてしまった。

今はかうとや思はれけん、「しばしのけ、十念となへん」とて、六野太をつかうで、弓だけばかり投げのけられたり。其後西にむかひ、高声《かうしやう》に十念となへ、「光明遍照十方《かうみやうへんぜうじつぱう》世界、念仏衆生《しゆじやう》摂取不捨《せつしゆぶしや》」と宣《のたま》ひもはてねば、六野太うしろより寄ッて薩摩守の頭をうつ。

（市川貞次訳「平家物語」小学館）

敵に忠度を知る者は誰もいなかったものの、矢を入れる箙《えびら》に結び付けられた一首の歌「行きくれて　木《こ》の下蔭を宿とせば　花や今宵のあるじならまし」で、武芸にも歌道にも優れた大将軍忠度であったことがわかったのである。忠度の辞世の歌同様、かげろうも「非道の蜘蛛の網ざしき、さはるまいぞや、よるまいぞ」との遺言、というよりは警告を残したその直後にやはり殺されてしまった。蜻蛉《かげろう》も陽炎もすぐに儚く消えてしまう点では、あっけなく滅びていった「奢れるもの平家」によく似ているではないか。

結婚して子供を育て、一生懸命巣を作り、向上心も大きく、他人をだますことなく生を全うしたのは、どうこう言っても三人の同級生の中で蜘蛛だけである。

「そして今はもう網はすばらしいものです。虫がどんどんひっかかります」

だから、ある日のことトンボが来て、「今度虫けら会の副会長にするというみんなの決議をつたえた」のも当然の成り行きだっただろう。本人が意識しなくても、頑張っている姿を見てくれている人はいるものだ。学校でこの蜘蛛だけが他の二人と違って、遅刻することがなかったというのも彼の几帳面さを表している。平気で何人もの人をだましているなめくじと狸と較べたなら、名誉欲は強くともそれに向かって努力している蜘蛛と彼らとは雲泥の違いがあるといえよう。他の生命を殺して自分が生きていくのは悲しい生物の性《さが》で、そんなことで文句を言われる筋合いはない。それはすぐにでも「死んでしまえ」と言うに同じことなのだから。しかし、意図的に相手をだまして、しかも面白半分にその生命を奪っていく行為は決して許されないということだ。だから、この蜘蛛と他の二人とは決定的に違う。蜘蛛だけは救われる存在なのである。

やがて蜘蛛が立派なこうもり傘のような巣を完成させると、下の方できれいな女の蜘蛛が歌っているのが聞こえてきて、二人は夫婦になったのだった。生物は自分の意思にかかわらず、生まれると命を全うするために活動し、子孫を作って守って、やがては死んでいく。命あるものは太古の時代から脈々とこうした生命活動を何億年も続けてきた。たとえ個としては滅びても、子を残すことによって種としてはずっと続いてきたのである。生物が子孫を残すために生まれてきたといわれる所以である。蜘蛛は妻との間に二百匹もの子供ができて、よく「葉のかげにかくれて夫婦でお茶を飲んだりする」幸せな日々を過ごしたようだ。「子供らは網の上ですべったり、相撲をとったり、ぶらんこをやったり、それはそれはにぎやかです」。子育て中はどの親も大変な思いをするけど、後になって振り返ってみると、そんな出来事はまるでほんの一瞬だったような気がするものではないか。大抵の人にとってそれは多分苦労などというものではなく、楽しみでもあったこと、そして子供はその純粋さと可愛さとで十分親に報いているし、恩返しもしていたということが後になってわかってくる。

「網はときどき風にやぶれたりごろつきのかぶとむしにこわされたりしましたけれどもくもはすぐすうすう糸をはいて修繕しました」。蜘蛛のこうした勤勉さと幸せそうな生活に、なめくじと狸は焼き餅を焼いていたのだった。

「あぁかい手ながのくぅも、
できたむすこは二百疋、
めくそ、はんかけ、蚊のなみだ、
大きいところで稗のつぶ」

親に子供の悪口を言うなど何とも救い難いなめくじではあるけど、夫婦は仲が良かったし、蜘蛛は家族のために猛烈に働いていたのだから、他に文句のつけどころがなかったのかもしれない。「小さい(とくに赤い)クモは金グモ money spider とよばれ、金銭的な幸運をもたらす」(「イメージ・シンボル辞典」)といわれており、この「あぁかい蜘蛛」はまさにその通りの運命となっている。赤は血の色として、金と同じ意味合いで用いられる場合が多いのである。中世ヨーロッパでも赤は黄金を表す色で、今でも泥棒仲間の隠語として残っているそうだ。一昔前、背赤後家蜘蛛という本来オーストラリアに生息する蜘蛛が日本に入ってきて話題になったけれど、いつの間にか聞かなくなったところをみると、もうとっくに駆除されたのかもしれない。あのユニークな名は英語 back red widow spider からのまさに直訳であった。しかし毒は強力で、重症化すると筋肉が麻痺してしまうことがあるというし、オーストラリアでは時折小さなとかげを襲うこともあるというから恐ろしい。

千年も前に清少納言は「蜘蛛は見ればたいしたものでもないのに、文字に書くと大げさな感じがする。(中略)字面がなんとなく仰々しい」(「枕草子」大庭みなこ訳、講談社)〔見るにことなることなき物の文字にかきてことごとしき物。覆盆子《いちご》。鴨頭草《つゆくさ》。水芡《ふぶき》、蜘蛛、(略)〕と書いていた。

ある日、蜘蛛の夫婦がまたお茶を飲んでいると、今度は突然狸が大声で蜘蛛を馬鹿にしながら歌っているのが聞こえた。

「あぁかいてながのくぅも、
てながの赤いくも、
あんまり網がまずいので、
八千二百里旅の蚊も、
くうんとうなってまわれ右」

蜘蛛は無視すれば良いものを、「何を。狸め。おれはいまに虫けら会の会長になってきさまにおじぎをさせて見せるぞ」と怒り狂う。またまた「虫けら会の会長」という社会的ステータスへの欲望である。そして、この欲望の結果蜘蛛はまた働きすぎて、恐らくは過労死してしまった。懸命に作っていた蜘蛛の巣は、私にはその脆さから「人生のはかなさ」を象徴しているようにも思われてならない。旧約聖書「ヨブ記」には次のように記されていた。

「神を信じない者の望みは滅びる。その頼むところは断たれ、その寄るところは、くもの巣のようだ。その家によりかかろうとすれば、家は立たず、それにすがろうとしても、それは耐えない」。

（第八章一三―一五節）

「人生に必要なもの。それは勇気と想像力、そして少しのお金だ」とはチャールズ・チャップリンの名言だけど、この「少しのお金」とは果たしてどのぐらいの額をいうのかとなると難しい。物やお金はどの程度あればいいものか、その基準は人によって様々だろうから。必要以上に物をためこんだところで、使うことなく人生を楽しむこともなく死んでしまっては、何のために生きてきたというのだろうか。弟清六氏によると、賢治たち兄弟に映画で一番影響を与えたのはチャップリンであったという。「（前略）チャップリンはあの独特なスタイルでいつも人間味豊かに私どものそばに居たのでした。そばに居たというよりは、いつでも一歩さきを鵞鳥のようによちよちと歩き、底に深い悲しみを潜めながら私どもを笑わせ、ほんとうの喜劇と芸術とはどんなものかを教えてくれました」（「兄のトランク」）

ところで、ミッキーマウスを世に送り出したウォルト・ディズニーは鼠には大いに興味を持っていたらしく、カンザスシティー時代に自分の画板の周りを走り回っていたペットの鼠が、後にミッキーマウスの誕生に繋がったのは良く知られている。その発想について彼は、「チャップリンの、あのちょっと物寂しそうな雰囲気を持った子鼠にしようと思ってね。小さいながらも、自分のベストを尽くして頑張っている姿だな」(ボブ・トマス「ウォルト・ディズニー　創造と冒険の生涯」講談社)と述べている。チャップリン人気が当時いかに大きかったかがわかろうというものだ。また、ミッキーマウスのモデルがチャップリンであったというのも面白いエピソードではないか。

蜘蛛が偉かったのはなめくじや狸と違って、決して他人を誹謗中傷などしなかった点である。人一倍の向上心と名誉欲によって、結局道半ばで過労死を迎えるけれど、それでもなお、蜘蛛は十分に幸せだったのではないだろうか。

韜晦の果て

次に物語は「銀いろのなめくじはどうしたか」に移っていく。

偽善者のなめくじは働き者の蜘蛛と違って相当に性格が悪いのに、「人が良くて親切だ」と林中の評判だったらしい。注意深く読んでみると、これはきっとなめくじが立派な家に住んでいて学校も卒業していたからなのかという気もしてくる。要するに、なめくじは何故か金持なのである。評判を聞いたためか、この家へかたつむりが「少しばかりお前さんのうちにためてあるふきのつゆをくれませんか」と訪ねてきたのだ。気前よくふきのつゆを差し出したなめくじにかたつむりが大いに感謝すると、「あなたと私とはいわば兄弟。もすこしおあがりなさい」とさらに勧められた。ここでなめくじが自分たちは兄弟だと言っているように、なめくじとかたつむりは確かに近縁で、素人の目からは殻を持つか持たないかの違いだけにしか見えない。ただ、なめくじにかたつむりと同じ殻を与えてもやどかりのように潜っていくことはないらしく、逆に、かたつむりの殻を剥いでなめくじの様にしたら、殻の中には内臓が入っているので、死んでしまうらしい。

兄弟と言われて安心しきってしまったためか、かたつむりはなめくじのただ表面的な親切にいとも簡単にだまされてしまった。その後、なめくじは「気分が良くなったら、一つひさしぶりで相撲をとりましょうか」と、嫌がるかたつむりに無理強いしたのだ。そして、「私はどうも弱いのですから強く投げないで下さい」という願いも空しく、かたつむりはひどく投げつけられてしまう。それが何度か繰り返される度ごとに、なめくじが「ハッハハ」と笑っているのが何とも不気味である。これはまさしく「いじめ」そのもので、加害者の方は相手が痛がれば痛がるほど一種サディスティックな心地良さを感じているのだから、始末が悪い。なめくじは執拗に投げ飛ばし、結局かたつむりは「もう死にます。さよなら」と死んでしまった。それでもなめくじの「ハッハハ、ヘッヘヘ」の笑いが止むことはなく、「銀色のなめくじはかたつむりを殻ごとみしみし喰べてしまいました」と相成ったのである。「みしみし」というこのオノマトペから、なめくじの非情さが伝わってくるではないか。

以前飼っていた仔猫が、小さな虫にじゃれついていたのを思い出す。虫が必死に逃げようとしても、猫は前足で押さえつけたり引き倒したり、面白くて仕方がないようであった。そのうち次第に虫が弱ってくると、今度はもっと動けと催促するようにチョッチョッと突つき初め、それは虫が死ぬまで飽きることなく続いた。弱肉強食の世界で、弱者は決して文句など言えるはずもない。

物語は「それから一か月ばかりたって、とかげがなめくじの立派なおうちへびっこをひいて来ました」と続いていく。蛇に噛まれたとかげが「少し薬をくれませんか」と言うと、なめくじは「わたしが嘗めれば蛇の毒はすぐ消えます」と応じていた。そして、なめくじがとかげの足を嘗め続けていると、「なめくじさん、何だか足が溶けたようですよ」ととかげが驚いて言うのである。なめくじはまた「ハッハハ、ハッハハ」と笑いながらとかげを嘗めて、最後には身体の半分が溶け、心臓も溶けてしまったのである。これでなめくじは「途方もなく大きく」なったのだという。

数年前、私が南タイの山の中で偶然見かけたなめくじは十数センチの長さで、大人の親指ぐらいの太さがあった。日本で見かけるなめくじはせいぜい五、六センチぐらいだから、その数倍の大きさに驚かされたのである。このぐらい巨大ななめくじなら小さなとかげにだって太刀打ちできるかもしれない。

驚いた話をもう一つご紹介したい。

もう何十年も昔、アカプルコのホテルでのこと。夜になってもやたらにチッチッとたくさんの小鳥の鳴き声がするのが気になっていたのだったが、その時は暗くなってもまだこんなに鳴く鳥もいるのだと思っていただけであった。しかし、やがてベッドに横になってびっくり。なんと、部屋の天井一面びっしりとヤモリがへばり付いていたのである。その数およそ数百匹もいただろうか。ヤモリが小鳥のような鳴き声をたてるのを、その時初めて知ったのであった。ところが、そのうち何匹かがポタポタと上から降ってきはじめたので、さすがに部屋を変えてもらった。深夜に顔の上などに落ちてこられたらたまらないではないか。ヤモリは「家を守る」といわれる益獣だし害はないとはいえ、その数には圧倒されてしまった。それでもまあヤモリの外見は可愛らしかったし、見かけはとかげによく似ていた。

さて、「なめくじさん、からだが半分とけたようですよ。もうよして下さい」と、とかげは泣き声を出していたというのに、なめくじはまるで意にも介さず、「ハッハハ、ハッハハ。ほんのもうすこしです」と笑っていた。「それを聞いたとき、とかげはやっと安心しました。安心したわけはそのときちょうど心臓がとけたのです」。医者は人を生かすべく努力してくれるけど、「苦痛からの解放」という点では死も同じではないか。ただ、結果が生と死とでは決定的に違っているのではあるが。「そこでなめくじはペロリととかげをたべました」。

こうして大きくなったなめくじが蜘蛛をからかい、却って嘲られて戻ってきたのはこの時である。その結果、熱病を起こして「おれもきっと虫けら院の名誉議員になってやる」と誓ったというのだから、蜘蛛に対するライバル意識は相当なものだったに違いない。ライバルに対する競争心は、プラスに作用すればお互いに切磋琢磨してどちらにも良い影響を及ぼすだろうけど、相手を蹴落としてやろうとか不正をしてでも勝ってやろうと思ったなら、もう既にその時点で勝負はついているのではあるまいか。つまりは、ライバルに対する敬意を失ってはいけないということだ。もう一つ付け加えるなら、名誉議員とは長らく議員活動を続けて人々に十分奉仕し感謝された結果で、自分が成りたくて勝手に名乗れる称号というものではないだろう。中身が伴わないのに、ただ肩書や社会的ステータスのみを追い求めるなど、本当に悲しい人生といわねばならない。この頃からなめくじの評判は悪くなって、みんなが軽蔑し始めたという。ことに、同級生だったはずの狸は「なめくじのやりくちなんてまずいもんさ」と馬鹿にしていたのだ。

ところで、なめくじの毒恐るべし、「ナメクジ食べた男性死亡」という新聞記事がある。テレビでも取り上げていた記憶があるから、覚えている方も多いかもしれない。ふざけてなめくじを食べたオーストラリアの若者が、寄生虫が原因で一年以上の昏睡状態の後、死亡したのだ。

(ナメクジを食べた)数日後、男性は脚に激しい痛みを訴え、病院でナメクジの寄生虫「広東住血線虫」が原因と診断された。寄生虫は脳に感染し、髄膜炎を発症。四百二十日間、昏睡状態となった。男性は意識が回復した後も脳に重い障害が残り、体がまひ。車いすでの生活を強いられ、二十四時間介護が必要だったという。

(東京新聞、二〇一八年十一月七日)

次に、「すこし水を呑ませませんか」となめくじを訪れたのは雨蛙であった。語り手は、「なめくじはこの雨蛙もペロリとやりたかったので、思い切っていい声で申しました」と語っている。そして、今度「すもうをとりましょうか」と提案したのは雨蛙であった。「なめくじはうまいと、よろこびました。自分が言おうと思っていたのを蛙の方が言ったのです」。相撲には相当の自信を持っていたなめくじは、まさに「飛んで火にいる夏の虫」と思ったに違いない。すぐに二回も投げつけられてしまった蛙は、その後あわててふところから塩の袋を出して「土俵の塩をまかなくちゃだめだ」と言ったのである。ものを清める働きがあると信じられていた塩を土俵にまくのは昔から続いてきた仕来りなのだから、蛙の行為は理に適っているし、この段階でなめくじは蛙を喰うことに頭がいっぱいで、大いに油断していたのかもしれない。身体に皮膚のないなめくじは単に薄い膜で覆われているだけだから、塩をかけられると水分が外へ出て、その結果縮んでしまう。再び水をかけてやると元に戻る場合もあるというが、そのまま死んでしまうこともあるようだ。

ここで、なめくじと蛙、そしてとかげを噛んだ蛇という「三竦《すく》み」について書いておこう。それは中国周代の道学者関尹子《かんいんし》が「三極」の中に記したたとえ話である。

> ヘビはナメクジを恐れ、ナメクジはカエルを恐れ、カエルはヘビを恐れるという故事から、転じて、三者互いに牽制し合って、身動きのできない状態をいう。みつどもえ(三つ巴)ともいう。この三竦を用いたものに、二人空相対座して行う遊戯、拳がある。親指をカエルに、人差指をヘビに、小指をナメクジに見立てて行う虫拳、また、キツネは鉄砲に負け、鉄砲は庄屋に負け、庄屋はキツネに負けるとする藤八拳(狐拳)、そして現在も遊ばれるじゃんけんの石、はさみ、

紙もこの三竦を原型とする。

（「日本百科全書（10）」小学館）

蜘蛛となめくじと狸の関係は決して三竦というものではないのだが、三者お互いがそれぞれに牽制し合っている姿からこの故事を思い出した次第である。

投げ飛ばされて「ハッハハ、ハッハハ」とまだ余裕のあったなめくじが、投げ飛ばされて死んだようになった蛙をペロリとやろうとすると足が動かなくなっていた。「見るともう足が半分とけています」という訳だ。すると蛙はむっくり起き上がってあぐらをかいて、「かばんのような大きなくちをいっぱいにあけて笑」ったのである。きっと蛙は、はじめからこのなめくじの陰湿なやり口をよくわかった上でやって来たのに違いない。当然、悪いうわさも知っていて、十分な情報も集めていたのだろう。だからこそ蛙は自分の方からなめくじの好む相撲の相手になろうとしたのだし、土俵にまく塩まで周到に用意してきたのだ。なめくじがまんまとその罠に嵌まってしまったのが愉快でたまらず、蛙は「ひどく笑って」しまう他なかったのだろう。人をだまして命を奪った者が、いづれ同じやり方で命を奪われる因果応報という訳である。そういえば、ギリシャ神話でミノタウロスを退治したアテナイのもっとも偉大な英雄テセウスもまた、悪事を働いた者たちを彼らが犠牲者たちを殺害したのと同じ残虐なやり方で復讐していた。そのいくつかを書いておこう。

テセウスはヘパイストスの息子でコリュネテス（棒男）と呼ばれていたペリペテスに出会った。ペリペテスがそう綽名されていたのは、彼が巨大なこん棒で旅人を殴り殺していたからである。（中略。テセウスは）こん棒を取り上げると、ペリペテスが他の多くの者にしていたのと同じようにして彼を殴り殺した。（後略）

シニスは無法者で、旅人に松の木を折り曲げるのを手伝わせて、その後突然それを放って旅人を空中に投げ飛ばしたとも、また自分で地面まで折り曲げた2本の松の木に通りすがりの者たちを縛りつけ、木から手を離すと彼らは裂かれて死んだとも、言われる。テセウスはシニスをその松の木で殺した。（後略）

（スキロンという悪党は）旅人の持ち物を盗んでは彼らに無理やりに自分の足を洗わせようとした。旅人が彼の前にかがみこむと、彼らを崖から蹴落とし、湾の浜辺に棲んでいた大亀の餌食にした。テセウスはスキロンの言うままになるふりをしたが、腰をかがめたときにスキロンの足をつかみ崖から彼を投げ落として、大亀の餌食にした。

プロクルステス（「叩き延ばす者」の意）は旅人を自分の宿にとめ、背の低い者は長いベッドに、背の高い者は短いベッドに寝かせた。そのあと彼らをベッドに縛りつけると、ちょうどベッドの長さにあうように彼らの身体を伸ばしたり、身体の端を切り落としたりしていた。テセウスはその仕打ちを用いて、プロクルステスを殺した。プロクルステスは非常に背が高かった

鳥獣戯画

ので、その首を切り落としたのである。
（「ギリシャ・ローマ神話事典」大修館書店）

まさに「因果はめぐる糸車」、悪行の報いは覿面という訳である。

（なめくじが）「蛙さん、さよ……」と言ったときもう舌がとけました。雨蛙はひどく笑いながら、「さよならと言いたかったのでしょう。本当にさよならさよなら。わたしもうちへ帰ってからたくさん泣いてあげますから。」と言いながら一目散に帰って行った。

この部分、先行する作品「蜘蛛となめくじと狸」では、テセウスと同じように雨蛙が、なめくじに食われてしまったかたつむりやとかげの復讐をする弱肉強食が更に強調されて、少々残酷な描写となっている。

「暗い細道を通って向ふへ行ったら私の胃袋にどうかよろしく云って下さいな。」と云いながら銀色のなめくじをペロリとやりました。

（「宮沢賢治全集（5）」）

鳥獣戯画の一場面には、相撲を取るユニークな蛙の姿が実に生き生きと描かれていた。兎とほぼ同じ大きさの蛙が兎の長い両耳をくわえながら外掛けをしているすぐ横で、二羽の兎が楽しそうに笑いながらそれを眺めている。次に蛙はエイとばかりに兎を投げ飛ばして仁王立ちとなり、それを見た三匹の蛙がやんやの喝采をしている。一匹は両手を上げて笑い、他の一匹は地面に座って顔を上げて大笑い、さらにもう一匹は両手を地面につけて、もうおかしくて仕方がないといった様子なのである。一方、両手を上にして真っ逆さまに投げ飛ばされた兎の背中の曲線は太く黒い一本の線で描かれ、思い切り力の入っているのが見て取れるのだ。何とも天才的な素晴らしい画才、ユーモアではないか。日本のアニメーションの歴史は、こんな時代から脈々と続いてきたということだろう。賢治に鳥獣戯画の蛙のイメージがあったかどうか定かではないけれど、ただ、相手が兎ではなくなめくじでは、絵にしたとしても大いにグロテスクなものになってしまうだろう。

蛙

邪教の果て

さて、物語はなめくじが消えてしまった後、一羽の兎が空腹な「顔を洗わない狸」のいる寺に訪ねて来る。ひょっとして賢治は、この狸を外見がそっくりなアライグマのイメージとダブらせたのだろうか。この動物は、前足を水に突っ込んで獲物を探る動作がまるで手を洗っているようなのでアライグマと名付けられたというけれど、熊という名ながらその姿は顔つきも大きさもむしろ狸そっくりなのである。外見がよく似た「手を洗う」アライグマの清潔好きなイメージに対して、賢治は怠け者であるこの狸のずる賢さと不潔さを強調すべく、わざわざ狸の前に「顔を洗わない」という言葉を付け足したのではあるまいか。ただ、狸がイヌ科であるのに対して、アライグマはれっきとしたアライグマ科に属し、臆病で用心深い狸と較べると攻撃的で、人を襲うこともあるというから物騒だ。

顔を洗わない狸は学校を卒業した後、蜘蛛やなめくじと同じように「じぶんのうちのお寺へ帰っていた」というから、つまりこの狸はお坊さんだったのだろうか。果たして、寺にやって来た兎は、「こうひもじくてはもう死ぬだけ」と狸に訴えるのである。これに対する狸の台詞「みんな往生じゃ。山猫大明神さまのおぼしめしどおりじゃ。な。なまねこ。なまねこ」、そしてこれに続く一行「兎もいっしょに念猫をとなえはじめました」にも大いに笑いを誘われる。念仏の代わりに念猫とはまあ何というユーモアだろう。念猫は口に出してみると「寝んね子」と同じで、一種子守歌のような癒しの響きがあって、相手はだまされやすいかもしれない。

弟清六氏によれば、賢治は楽しくて仕方がないというふうに大笑いしながら、皆の前で自作を朗読したという。「処女作の童話を、まっさきに私ども家族に読んできかせた得意さは察するに余りあるもので、赤黒く日焼けした顔を輝かし、目をきらきらさせながら、これからの人生にどんな素晴らしいことが待っているかを、予期していたような当時の兄が見えるようである」(「宮沢賢治全集(5)」解説、ちくま文庫)と(清六氏は)追想している。また、氏の回想「兄のトランク」にも、「賢治は童話や詩を子供たちによんできかせるのが好きであった」と書かれている。

私がまだ小学校に入らないころにも、兄は自分で絵をかきながら、昔ばなしなどを聞かせてくれたものだ。私が中学校の一年生で、兄が農林学校の三年生のときにはもう童話を書きだしていて、まず「蜘蛛となめくじと狸」や「双子の星」などが最初に書き上げられた。賢治が二十二歳の春のことである。それらの童話を、ほんとうにうれしそうに、眼をかがやかしながら読んでくれた兄の顔が、つい先頃のことのようにわたくしに思い出されてくる。(「兄のトランク」筑摩書房)

きっと彼はこの作品も「なまねこ、なまねこ」と愉快に繰り返しながら、いたずら小僧のように笑っていたのではあるまいか。似たような場面を以前どこかで読んだ気がしたのだが、それはフランツ・カフカのエピソードであった。カフカもまた自分の作品を友人たちの前で、やはり笑いこけながら朗読していたようだ。

カフカはおりおり、カフェで友人たちに小説を朗読した。『変身』のとき、口に鍵をくわえ、顔を横に廻していく動作をしながら、自分でプッと吹き出した。「おい、フランツ、まじめに読めよ」と、友人にたしなめられた。　（「変身」白水社）

人生のほとんどをプラハで過ごしたユダヤ人カフカ（一八八三〜一九二四）と、やはりほとんどを岩手県で過ごした賢治（一八九六〜一九三三）とは、同時代である以外何の繋がりもないはずなのに、二人は父親との確執やファザーコンプレックス的部分が驚くほどよく似ている。また、どちらも生涯独身であったことや、良好すぎる妹との関係のことも付け加えておこう。

カフェ・カフカ

賢治童話には思いつくままにあげても、蜘蛛、蛙、なめくじ、狸、狐、ねずみ、猫、熊、象、蜂、等々たくさんの動物たちが登場してくるのだが、実はカフカも猫やねずみ、犬、猿、馬、蛇、鳥（ハゲタカ）、ジャッカル、等多くの動物物語を書いた作家なのである。二人の扱う寓意性は大いに異なっているとしても、頻繁に身近な動物たちが登場してくる手法はそっくりである。

後になって私は、フランス文学者の天沢退二郎氏が、賢治文学の本質がカフカと呼応し得る『すぐれた《全体性》の文学』と述べているのを知った。

「春と修羅」第一集の泡だちたぎる作品の創造が賢治を連れ込んだ不確実・不安定の異空間——それを踏みひらき詩人の生を可能にしたのは「うた」に突きうごかされる絢爛とした童話であって、索漠たる「詩」ではなかった。あえていえば後期の「詩」を可能にしたのも童話制作（というより、この時期には、過去の作品の改作・改稿が主なしごとだったわけだが）だったのであろう。こうしてやはりカフカの場合と同じく、文学は賢治にとって唯一の救済の手段となる。「しごと（書くこと）でわが身を救わなければ、ぼくはだめになる」「どんなことがあっても、どんなことをしてでも、僕は書くだろう。」これはカフカの日記の中にあることばだが、同じく無名の一地方作家として、発表のあてもないままに賢治が最後まで作品をまさぐりつづけたのは、救済へのあくなき祈求を動因としていたからである。賢治の場合、この祈求は彼の法華経信仰と重なりあって現れるが、そのためにその文学的意味を見失ってはならない。

（天沢退二郎「宮沢賢治論素描」『現代詩手帖』一九六三年六月、思潮社）

入沢康夫氏の「宮沢賢治——クリオシン海岸からの報告」（筑摩書房）からも引用しよう。

カフカと宮沢賢治、この一見きわめて異なった生き方と文学創作をなしたかに思われる二人の

カフカ

間には、数多い隠された共通点があるということにいち早く気付き、その共通点のいちいちをメモした紙を片手に、熱っぽく私にその発見を語り聞かせてくれたのは、詩人の天沢退二郎だった。富裕な商人である父親の家父長的圧力、いくつかの重要な長編作品が未完成あるいは不完全な状態にとどまっていること、どちらも生前にはほとんど無名だったこと、二人ながら園芸・造園に関心があったこと、等々、天沢氏の手にしたメモには十いくつかの項目が挙げられていたようである。だが、何よりも大きな共通点と思われたのは、この二人の作品草稿の大きな部分が、作者の没後に(作者の遺言にさからって)はじめて活字化されたこと、そのために、最も重要と考えられるいくつかの作品の本文に、不確定な箇所が残っていることであった。

(「カフカと賢治と」)

話を戻そう。

狸が寺で山猫を大明神様として祀っているなんて、何とも奇妙ではないか。大明神を辞書で調べてみると、次のように書かれていた。「(「名神」から出た語か)神の尊称、神仏習合説による仏教側からの神祇の称。人名、動物などの下につけ、それを神に見立て、強い願望や祈念を表す。親しみをこめたからかいの意で用いられることもある」(大辞泉)。

狸の言う「みんな往生じゃ」とは「みんな死ぬ」という意味であることぐらい誰でも十分にわかっているし、ことさら山猫大明神の「おぼしめし」でもないだろう。念仏だって仏教のもので、たとえば浄土宗では「南無阿弥陀仏」。最初の「南無」は「信ずる」「帰依する」の意で、後に続く「阿弥陀仏」は極楽浄土にいる仏様、つまりは「阿弥陀仏に、心から帰依いたします」ということである。法華経では「南無妙法蓮華経」で、「妙法蓮華教に心から帰依いたします」となる。千年も前に清少納言が「念仏を唱えて極楽に行こう」と言っていたのも思い出される。「蓮葉《はちすば》はよろずにすぐれて美しい。妙法蓮華を思わせ、花は仏に、実は数珠に念仏して往生極楽の縁としようよ」。(「枕草子」第六十六段)

「念ずる」とは本来、心の中で神仏に祈ったり、経文などを唱えることだから、それが「猫を念ずる」となると意味不明ではあるのだが、何事も「信じるものは救われる」のかもしれないし、何かを信じている人に対して第三者がどうこう言ってみたところで、何の役にも立たないだろう。ただ、この山猫大明神に関しては、喰われてしまった兎も狼もまさに「信心過ぎて極楽を通り越す」で、「信じるのもほどほどにしなさい」という笑い話のようでもある。偽善のオブラートに包まれた邪教には注意しなさい、といったところだろうか。しかし、心底信じている人に警告したところで、場合によっては恨まれる結果にもなりかねないから危険である。

往生したがっていた兎は、狸と一緒に念猫を唱えているうちに耳をかじられて驚く。「あ痛ッ。狸さん。ひどいじゃありませんか」と抗議する兎に、狸は「みんな山猫さまのおぼしめしのとおりじゃ。おまえの耳があんまり大きいのでそれをわしに噛って直せというのは何とありがたいことじゃ。なまねこ」と言いながら、両耳を食べてしまった。

口八丁手八丁の練達の詐欺師にかかったなら、普通の人間などいとも容易くだまされてしまうだろう。ひどい詐欺にあったというのに、その後ですらまだその呪縛から解放されずに信じ続ける人もいるほど、その洗脳力が強力な場合もある。信じたい事や物だけをずっと信じ続けられるなら、それなりに幸せなのだろうが、だまされ続けていたことに気づいた時のショックは計り知れないのではないか。巨額詐欺を働いて、先日、懲役八年の判決が下りた老獪な元会社会長の記事を読んでみよう。

元会長山口隆祥被告が実刑判決を受けた「ジャパンライフ」は、預託商法で約七千人から計約二千百億円を集めたとされる。（中略）［七十代女性の］参加したセミナーでは、山口被告が、安倍晋三元首相の「桜を見る会」に招かれたことや、国会議員とのつながりをアピールした。女性は「国にも評価されている会社なんだ」と信用し、貯金と満期になった保険金を預けた。消費者庁の業務停止命令が出て不安になったが、社員は「ただのやっかみだから大丈夫」と言った。子どもに援助するため、解約を申し出ても「贈与税がかかるからやめた方がいい」とかわされた。配当は次第に滞り、まもなく破綻を知った。奪われた資金は約三千万円。

（東京新聞、二〇二二年一月二十九日）

現在、いわゆる「オレオレ詐欺」が減少したとはいっても、二〇二一年のデータによればその被害額は約二八五億円であるという。これほど「振り込め詐欺」に注意を呼びかけられて、十分に気を付けているつもりでも、老人は特に子供や孫の事故となると気が動転してコロリとだまされてしまうようなのである。

「なまねこ、なまねこ、ああありがたい。山猫さま。私のようなつまらないものを耳のことまでご心配くださいますとはありがたいことでございます」。さらに狸がそら涙をポロポロこぼして兎の足をかじろうとすると、兎はますます喜んで、「ああありがたや、山猫さま。おかげでわたくしは脚がなくなってもう歩かなくてもよくなりました」と応じていた。そして、「兎はすっかりなくなってしまいました」と不気味な一行が続く。この後、狸の腹の中で兎が「すっかりだまされた。ああくやしい」と言うのは、魂の叫びということだろうか。

狸は二か月後に、説教を聞きたくて現れた狼も巧妙にだまして、まずは牙を抜き目をつぶし耳を食べ、ついには頭、足の順に食べてしまう。「とうとう狼はみんな食われてしまいました」という訳である。しかし、この時点で、狼は狸にだまされたことにはまだまるで気づいていない。狸は決してお坊さんなどではなく、ただ寺に住んでいただけの救いがたい巧妙な詐欺師であった。彼が

「山猫さまのおぼしめし。お前の耳があんまり大きいので、わしに噛って直せとは何とありがたいことじゃ」と言うと、「兎はたいへんうれしくてボロボロ涙をこぼしました」。それに合わせて狸も一緒にそら涙をボロボロこぼし、その後、脚を食べた時にも「狸はもうなみだで身体もふやけそうに泣いたふりをしました」というのだから相当の役者ではある。そして、兎も狼も狸の真に迫った演技に、いとも簡単に欺かれてしまったという訳だ。日常生活の中で、こちらをだまそうとして近づいてくる者を防ぐのは、相当に難しい。最初から悪意に気づいていれば用心もするのだろうけど、多くの場合そのような事例はまれであるから。

井上寿彦氏は「寓話洞熊学校を卒業した三人」で、これら三人の「出世至上主義的」な生き方に対して犠牲者たちは善意の庶民そのもの、と述べている。

蜘蛛に殺される子どものあぶとかげろうはいかにも弱者である。かたつむりや兎は死ぬくらい飢えている。狼さえも狸の舌先三寸にだまされ、狸の欺瞞を見抜けないお人よしである。とくに勝った雨蛙がなめくじをペロリとやるところを削除・改稿した本作品には、犠牲者の非人間性は全く消されている。蜘蛛・なめくじ・狸の三様の出世主義を、父政治郎を含めた強者の姿だとすれば、犠牲者は、賢治が家業や世間を通してみた弱いが善良な庶民の姿なのだろう。

（『国文学　宮沢賢治の全童話を読む』学燈社）

宗教における御利益とは、本来現世ではなく来世のものであろうから、生きているうちに何らかの見返りを要求するなどナンセンスではあるのだが、それにしても、これら登場してくる動物たちは皆なんとあっけなく死んでいることだろう。死がこんなにも単純なら、別段恐れる必要もないと思えるほどだ。

カフカの短編「はげたか(Der Geier)」が思い出される。簡単なあらすじをご紹介しよう。

私は突然はげたかに襲われて、足をえぐられている。そこへ通りかかった紳士が「ズドーンと一発、鉄砲でケリがつきますよ」と言ってくれる。「では、やってください」と私が頼むと、紳士は「鉄砲を取ってくるまでに三十分ほどかかるけど、やってみましょう」と応じた。しかし、その間にはげたかは二人の会話がわかったらしく、はずみをつけると嘴を私の喉の奥深く突き立てたのである。

「仰向けに倒れながらも、私はうれしかった。私の深いところからあふれ出た血の中で、はげたかは救いようもなく溺れてしまったのだ」(拙訳)

「私」は、はげたかに顔を狙われるよりは、まだ足を突かれる方がましだと思っている。そこで「私」が紳士に、「あれ、もう両足ともほとんど引き裂かれてしまいましたね」などと、まるで他人事のようにとぼけた言い方をしているのが何ともおかしい。本来、命にかかわる相当に容易ならぬ事態のはずなのに、あまりに素っ気ない表現が、賢治もカフカも共通しているように思われるのだ。もっとも、死の描き方がちっとも深刻ぶらず、コロリと死んでしまうのは童話の一つの特徴かもしれないのだが。親切そうに近寄ってきて鉄砲を取りに行った紳士が、果たして本当に三十分ほどで戻ってきてくれるのかどうかはわからない。ひょっとするとこの紳士は、自分の命に直接関係がなければ何とでも勇ましいことを言ったり親切そうに振る舞い、いざ自分が危うくなったらさっさと逃げ去ってしまう人間を表しているのではないだろうか。そう考えてみると、この短編はずっと不気味な様相を呈してくる。次に、自分を襲ったはげたかが、あふれ出た血の中で溺れ死んでいくのを見て、「私はうれしかった」とはどういう感覚なのだろう。自分を苦しめてきた者が一緒に滅びていくのは、いじめの加害者に復讐を果たした気持ちになって、独りで死ぬより小気味がいいのだろうか。

最近は、独りで死ぬのが嫌で、あるいは怖くて、何人もの人を巻き添えにして死のうとする手前勝手な連中が多いような気がする。逮捕された何人かの男たちは突然人を襲って、「誰でも良かった」などとうそぶくのだから許しがたい。「誰でも良い」と言いながら、彼らに共通しているのは、女性や老人など自分より明らかに弱い人たちばかりをねらっているのだから、正しくは「俺より弱いなら、誰でもいい」ということだ。いくつかの新聞を読んでみよう。

昨年は小田急線、京王線での刺傷事件、さらには年末の大阪・北新地ビル放火事件など無差別殺傷型犯罪が相次いだ。被疑者を含む犯人の共通点は、「孤立と絶望」による社会への「復讐心」であろう。精神科医の片田珠美は、「絶望感から自殺願望を抱き、誰かを道連れに無理心中を図ろうとすることを精神医学では『拡大自殺』と呼ぶ」と解説する。

（東京新聞夕刊、二〇二二年一月二十七日）

精神科クリニックに放火したり、電車の中で人に切りつけたり、自分とはまるで無関係な人々を平気で殺そうとする感覚は、まともな人間には全く理解不能である。一つはっきりしているのは、頭の悪い人間は独創性すらないから、大量殺人の事件をひたすらまねることしかできないということだ。誰かを道連れに死のうとしたところで、結局死ぬのは自分独りの問題ではないか。

次に、猟銃で医師を撃ち殺した六十六歳の男の記事だ。

殺人未遂容疑で逮捕された住人の無職、渡辺宏容疑者が調べに「母親が死に、この先いいことがないと思った。自殺しようと思ったが、自分一人でなく先生やクリニックの人も殺そうと思った」と供述していることが、捜査関係者への取材で分かった。

（東京新聞、二〇二二年一月二十九日）

さらに数日後の記事。

（前略）七人の訪問時、一階和室のベッドに母親の遺体が安置され、渡辺容疑者は「生き返るかもしれないから心臓マッサージをしてほしい」と蘇生措置を要求。鈴木さんが死亡から丸一日以上たっていることなどを説明して断ると散弾銃を取り出して発砲した。鈴木さんは胸に銃弾を受けて死亡した。

（同、二〇二二年一月三十一日）

こんな輩に撃ち殺された誠実な医師の無念さを思うと同時に、いい年をしてあくまでも自己中心にしか物事を考えられぬ犯人の身勝手さには、怒りしか覚えない。

話を「顔を洗わない狸」に戻そう。狸には、「人のよさそうなふりをして、実際にはずるがしこい者」（『大辞泉』）や「狸寝入り」といった、相手を誑《たぶら》かす意味があるのを賢治は十分に意識して主人公の一人に据えたのだろう。また、「証誠寺の狸囃子」のように、満月の夜に腹鼓を打って老僧に化ける狸のイメージも大きかったのではないだろうか。狼を喰った後、狸は狼が持ってきた籾を風呂敷のまま呑み込んで、次の日から具合が悪くなってしまう。因果応報と言うべきか、二十五日後、狸は「からだがゴム風船のようにふくらんでそれからボローンと鳴って裂けてしまった」のだ。こんな死に方もいかにも童話的で、死への恐怖などは微塵も感じられず、風船のように膨らんでボローンと破裂してしまったとは、なんというブラックユーモアだろう。

この部分の先行作品を見ると、狸は体の中に泥や水がたまって、無暗にふくれる病気にかかり、しまいには地球儀のようにまんまるになって、「おれは地獄行きのマラソンをやったのだ」と言って焦げて死んだ、となっている。二つの作品を較べた場合、前作はそれなりに愉快ではあるけれど、「風船のようにボローンと裂けてしまった」ほうが童話的だし、強烈な印象が残るのではないだろうか。

狸が破裂死した後、少し遅れて見に来た洞熊先生については、「ああ三人とも賢いいいこどもらだったのにじつに残念なことをしたと言いながら大きなあくびをしました」と書かれている。この先生にとって三人が死んだのは残念であっても、それはあくびが出る程度であったのだ。本来なら、「悔しくて涙が出る」とか「無念で悲しみが止まらない」となるべきところなのだろうに。権力欲に満たされたこの三人の死は、結局のところ先生の出世至上主義教育の結果ということになろうか。

三人が死んでしまった後の洞熊先生のあくびは、どことなくカフカの「断食芸人(Ein Hungerkünstler)」や「変身(Die Verwandlung)」の最後の部分を連想させる。「口に合う食べ物がなかった」ために断食をして死んでしまった男の檻に、管理人が新しく入れたのは「生のよろこびがかっと開いた口から烈しい焔となってあふれでる」ほどの一頭の若いひょうであった。「光を失った瞳」のまま「蚊のなくような声」しか出せずに死んでいく男との対比が鮮やかである。ただ、この何の不満もなさそうに見えるひょうも、実は単に小さな檻の中で動き回っているだけの存在なのであった。また、「変身」も主人公が死んでしまったというのに、物語の視点は家族に移ってまだ続いていき、ここでも最後に「みじめな死」と「希望溢れる生」とのコントラストが鮮やかになっている。「頭ががっくり落ちて、鼻の穴から最後の息が弱々しく吐き出されて」主人公が死んだあと、しばらくして家族はピクニックに出かけるのだ。「そして電車が目的地に着くと娘がまず立ち上がり、若々しく身体を伸ばしたことが、両親には自分たちの新しい夢と意図の正体をしめす証人のように見えた」(「変身」多和田葉子訳)という訳だ。洞熊先生の場合、カフカ作品ほど「生と死」の鮮明な対比はないけれど、教え子三人が死んでも大あくびをする程度で、それから序に書かれていたように、新しいどぶ鼠の生徒たちを新しい出世至上主義という檻に入れるべく探しに行くのだから大したものだ。そして、物語はまたまた碧い眼の蜂の群れの話題となって、「もうみんなめいめいの蝋でこさえた六角形の巣にはいって次の春の夢を見ながらしずかに睡っておりました」と終わる。

さて、賢治作品の教師像は、「銀河鉄道の夜」や「風の又三郎」などでも、実に優しく気配りのある実直な人柄として描かれ、例えば「銀河鉄道の夜」の印象的な冒頭部分は、「ではみなさんは、そういうふうに川だといわれたり、乳の流れたあとだといわれたりしていたこのぼんやりと白いものがほんとうは何かご承知ですか」という丁寧な言葉遣いをする先生の質問から始まっている。しかし、洞熊先生に謹厳実直な紳士という印象はなく、ここではむしろ一種の反面教師として登場している。

ところで、日本では現在、過労死ラインの月八十時間以上の残業を強いられている教員が、小学校六〇パーセント、中学校七〇パーセント以上で、しかもその残業代は一〇パーセントほどしか支払われていないという。これでは教員がやる気を失ってしまうだろうし、教員志望者が激減したとしても当然だろう。先日はテレビで、過労のあまりうつ病を発症し自死してしまった若い教員を特集していたけれど、その人の仕事への真摯な取り組み方と努力、そして最後には究極まで自分を追いつめて死を選ばざるを得なかった状況に、見ているだけでこちらは胸が締め付けられる思いがした。そもそも日本は、生徒も教員も学校にいる時間が長すぎるのだ。学校は、それほど楽しくて仕方のない場所なのだろうか。一つの狭い部屋に一日中同じ人たちと閉じ込められて、いじめが起きないはずがないではないか。例えば、ドイツのギムナジウムなどは全て、午前中で終了である。これなら、いじめも激減するのではないか。大学で小中高よりもいじめが少ないのは、教師ではなくて学生の方が教室を移動して、自分で講義を選べるからだろう。当然、嫌な奴を避けることだってできるのだ。

さて、洞熊先生が教えたことは三つあった。「うさぎと亀のかけくら」と「大きいものがいちばん立派だ」、それからもう一つあるはずの教えは書かれていないけれど、井上寿彦氏は（新校本全集第十巻校異篇を基に）、それは「（世の中は競争だから）人を追い越して大きく偉くならなければならないことだ」と推察している。先行作品「蜘蛛となめくじと狸」では、確かに初めから三人が「立派な選手でした」と書かれていて、一体何の競争をしていたのかは語り手もわからなかったというのだが、前述したごとく結末から「三人とも地獄行きのマラソン競争をしていた」ことがわかるのだ。先生は「人生はとにかく競争なのだから、人を追い越して勝利しなければならない」と三人に教え込み、素直な彼らはその通り実践しようとして自滅してしまった。

同じ賢治童話のクンねずみが「ねずみ競争新聞」なるものをよく読んでいたのも、それが実にいい新聞で、「ねずみ仲間の競争のことは何でもわかる」からであった。この部分は要するに、金儲けや出世や権力欲にせかせかと精を出す人間社会を風刺しているのだろう。

先ごろ、東大前で七十二歳の老人を刺傷した少年の事件を一部引用する。

> 少年は男性を刺した後、包丁で受験生の女子高校生と男子高校生も刺したとみられる。駆け付けた東大職員に説得されると包丁を投げ捨て、取り押さえられた。少年は当初の調べに「医者になるために東大を目指して勉強を続けてきたが、一年前ぐらいから成績が上がらず、自信をなくしてしまった」などと供述していた。
> （東京新聞、二〇二二年二月六日）

少年にとってこの社会はまさしく競争であって、絶対に勝たねばならぬものだったのだろう。人を救うための医者を目標としながら、平気で人を殺そうとする救いがたいこの皮肉をどうしたものだろう。

人間は視野を広くする幅広い教養を身に着けないことには、なかなか自分の置かれている世界を認識するのは難しいだろう。ちょっと視点を変えるだけで、まるで違った風景が広がってくることだってあるではないか。そもそも何のために学問を身につけるのか、なぜ勉強しなければいけないのかを、一度子供と真剣に話し合うべきだろう。私などごく単純に、それは「幸せになるため」と考えているのだが、自分が幸せになったなら、人の幸せだって考えるようになるのではないか。もっとも、この点賢治は、「世界がぜんたい幸福にならないうちは個人の幸福はあり得ない」(「農民芸術概論綱要」)と主張している。「世界が全体」と「世界全体が」とは絶対に違うと主張する清六氏の話を引用する。

「世界が全体……」というのを、ある校長先生は「ひっくり返しても同じだ。逆もまた真理なり」とおっしゃいました。逆が真理なことは、証明して正しければ、真実なこともあるでしょうが、この場合、逆は真理でないということをお忘れにならないでください。ここがひじょうに重要なところだと思います。「個人が幸福になれば世界が全体幸いになるんだから、それでいいのでしょう」というのは、たいへんちがうと思います。どうして違うかと言いますと、世界という意味の考えかたがちがうのです。賢治のいっているのは地球だけのことではないのです。宇宙全部、過去、現在、未来。あの「農民芸術概論」の場合は、まちがいなく、いちばん広義の世界をいっているわけです。

(「兄のトランク」)

昔、理系の研究者たちとよく飲み屋で談論風発したことは、私にはとても愉快な思い出となっている。やはり、理系と文系の人間とでは何事であれ、発想や考え方の違っていることが多く、一つの事象の捉え方でも「こんなに異なるものか」と驚かされたことが少なくはなく、教わることも多かった。物理学専攻のある老教授の話は常に理路整然としていて、いかに難しい理論であってもこの先生の説明を聞いているとわかりやすく、何だかとても簡単なことのように思えてくるのが不思議だった。常々、私は「もし、この老教授のような秀才と同級生だったなら、とてもかなわないな」というコンプレックスさえ抱いていたのである。きっと、難しいことを相手がよくわかるように説明するのが、実は一番難しいのではないだろうか。簡単なことを、わざわざ難しくしてしまう人だって少なくはないのだから。ここで、再び「兄のトランク」より清六氏の話を書いておく。「『難思の弘誓《ぐぜい》は、難度の海を度する大船』というような言葉を私も子供の頃に聞かされていたが、暁烏敏さんはこの言葉を多分『永遠の生命を思うということは人世という荒海をわたる大きな舟のようなものですね』と噛みくだいて若い頃の賢治の頭に染みこませ、それを賢治は素直に受け取ったのだろうと私は思っている」。賢治が理解したという暁烏氏の語り口は、私にあの老教授の姿を彷彿とさせたのである。

理系の人たちの筋道の通った発想にはとても及ぶべくもなかったけれど、私は彼らの絶対的ともいえる自信には少しばかりの不安を抱いてもいたのだ。それを説明するのに、再び先ほどの「クンねずみ」に登場してもらうことにしよう。家庭教師を頼まれたクンねずみが、猫の子らに算術を教える物語の後半部分が実に面白い。

「一に一をたすと二です」

「わかってるよ」子供らが言いました。

「一から一を引くとなんにも無くなります」

「わかったよ」子供らが叫びました。

「一に一をかけると一です」

「わかりました」と猫の子供らが悧巧そうに眼をパチパチさせて言いました。

「一を一で割ると一です」

「先生、わかりました」と猫の子供らがよろこんで叫びました。

「一に二をたすと三です」

「わかりました。先生」

「一から二は引かれません」

「わかりました。先生」

「一に二をかけると二です」

「わかりました。先生」

「一を二でわると半かけです」

「わかりました。先生」（後略）

「一に一をたして二」に本来なんの疑念もあるはずはない。しかしよく考えてみれば、これは右の一と左の一とが同じものであるという前提があって成立する、つまり全く同じものが二つ存在すると仮定すれば二となる訳だ。この前提に声高に意義を挟むつもりはないのだが、それにしても私が尚こだわるのはこの「全く同じ」という部分なのである。1＋1＝2という基本が究極は宇宙ロケットやスーパーコンピューターにまで発展していったのだろうが、それがこの先われわれの想像をはるかに超えるところまで無限に進化していったならどうなるのかといった掴まえ所のない不安に私は捕らわれている。

別な捉え方をしてみよう。数学で習う「二点間を結ぶ最短距離は直線である」とは真理である。これは1＋1＝2と同じように明白なことで、どこにも疑問の余地などあるはずもない。(やや論が飛躍するけど)道路でも鉄道でもこの真理を実践すべく理系の技術屋さんたちは山を貫いてトンネルを掘り、谷には橋を架けて、人々を一分でも一秒でも早く目的地に到達させようとしてきた。時間を大幅に節約するのは絶対的に良いことなのだから、「狭い日本急いでいけば早く着く」という訳だ。自然破壊や動植物の生態系の変化といったそのための犠牲など、まるで取るに足らないものであった。最短距離を走るリニアモーターカーの完成も今ではもう既に視野にはいっているというのに、それに異を唱える者など許しがたい。

私は、数学の真理が現実社会での真理と同じになるとは思わない。何故なら、われわれの日常生活で、「二点間の最短距離は、直線ではない」場合の方がはるかに多いのだから。1＋1＝2、2＋

2＝4は絶対に間違いなく、さらに敷衍してコンピューターでも計算し尽して「絶対に危険のない」はずであった原子力発電所事故がどうして起こってしまったのかは、もっと真剣にそして真摯に検証されるべきであろう。それはきっと、隠蔽体質の東電だけの問題ではないはずである。

「現在の世界が、依然としてヨーロッパ的原理によって支配され、ヨーロッパ的な原理が、依然として修羅の原理から成り立つとき、賢治の風刺が、時間と共に、ますます、その深い意味をあらわしてゆくのである」と述べるのは哲学者梅原猛氏である。「蜘蛛となめくじと狸」について、更に次のように述べている。

この童話について、も早解説は不要であろう。競争社会と競争社会の教育についての見事な風刺。すべての人は、他人より大きくなることに必死である。大きくなることのみがここでは価値であるが、大きくなることは実は、多くの場合、他人を犠牲にすることによって可能である。賢治はこのような競争社会に生きる三つの人間の類型をえがいた。蜘蛛となめくじと狸は、その殺害の方法は別である。裸の残忍さを持つ蜘蛛、狡猾な偽善者のなめくじ、そしてにせ宗教によって魂を麻痺させる狸、その方法は別であるが、いずれも、他人を犠牲にして、自らを肥やすことを最大の念願としていることに変わりはない。

（「宮澤賢治と風刺精神」『群像　日本の作家12　宮沢賢治』小学館）

碧い眼の蜂のエピローグ

この作品の基となる「蜘蛛となめくじと狸」が書かれたのは一九一八年(大正七年)、賢治二十二歳の時であった。二つの作品の大筋は似ていても、部分的には大部変化しており、一番異なっているのは、各章の最後に「たくさんの眼の碧い蜂の仲間」について四季のエピソードが書き加えられた点である。賢治が影響を受けたと言われるメーテルリンクが一九〇一年に書いた「蜜蜂の生活」が日本で翻訳されたのは一九二一年(大正十年)で、賢治は当時すでにこの作品を読んでいたのではないかと思われるのだが、彼がヒントにしたのは蜜蜂の優秀さや残酷性の部分ではなく、規則正しい社会生活の方であった。本の中でメーテルリンク自身が「蜜蜂に関する著述は殆ど総て読んだ」と述べているほど、博覧強記の内容はいま読んでも非常に面白い。一部を引用しておこう。

蜜蜂の潔白といへば狂人に近い。冬の最中に厳寒の為養蜂家の「蜂の飛翔」と名付けてゐる事柄が餘り延遅した場合には、彼等は窠箱を汚すよりも、寧ろ恐るべき胃腸薬の犠牲となって皆、死んで仕舞ふ。只、雄蜂だけは始末に終へぬ無頓着者で、不謹慎にもその屢往来する窠蜱を排泄物で汚すので、職降は絶えず、その後を追って、これを掃除しなければならない。掃除が終ると、一種の恍惚の状態で懸ってゐる圓錐形に参加しない俗人の群衆は、この共同家屋の精密な測定を始める。次には總ての隙間隙が、一々點撿せられる。蜂蝋で塡充せられて被はれ、又、家の上から下まで壁の蠟引が始まる入口の番兵は新しく編成せられる。間もなく、若干の職蜂は野に出て花蜜や、花粉を負つて歸る。（「第二章　分封」）

蜜蜂はその集むる蜜を自ら食ふかどうかを知らない。われわれも同様にわれわれが宇宙に紹介する精神的の力を誰が利するかを知らないで置かう。蜜蜂が自分にも、その子にも不要な餘分を集めて、花から花へと飛ぶ様に、われわれはこの不可知の焔の養分となるものを残らず索つて眞理から眞理へと移り、われわれの有機的の義務を果たしたといふ確信を以つてどんな事變が起つても差支へない様にして置かう。

（「第七章　種屬の進展」『メーテルリンク全集2　蜜蜂の生活』大正十年、本の友社、一九八九年復刻）

昔、テレビで蜜蜂の特集番組を見た記憶があるのだが、その時のテーマは「四億年後地上を支配しているのは蜂かもしれない」ということであった。残念ながらほろ酔い気分であったので細部の記憶はないのだが、人類がとっくに滅びてしまった後、蜂の身体は人間と同じぐらいの大きさになるものの、その構造上、人類と同じような文化を築くことは不可能だろうというのだった。ただ、蜂の優秀さと勤勉さ、そして見事に統率された団体生活や潔癖なまでの階級社会を考えると、十分に納得できることではあった。

さて、まず短い序章のおしまいでは、蜘蛛となめくじと狸が洞熊学校を卒業したのは、「小さな桃色のかたくりの花の咲くころ」で、蜂たちは「新しい木の芽からいらなくなった蝋を集めて六角形の巣を築いたりもういそがしくにぎやかな春の入り口になっていました」とある。三人は春に学校を終えて、同じスタートラインに立ったのである。

最初の「蜘蛛はどうしたか」の章では、蜘蛛が腐敗して死に、雨に流されてしまったのは「つめくさの花のさくころ」であった。爪草とは、葉が鳥の爪に似ていることから名付けられたらしく、道端に普通に見られるその盛りは初夏である。そして蜂の群れは、野原じゅうをあちこちにちらばって、「小さなぼんぼりのような花から火でももらうようにして蜜を集めて」いたのであった。次に、「銀いろのなめくじはどうしたか」では、塩をまかれてなめくじが溶けてしまったのは、「秋に蒔いた蕎麦の花がいちめん白く咲き出したとき」で、蜂（「すがる」）の群れは「今年の終わりの蜜をせっせと集めて」いたと続く。

最後に、「顔を洗わない狸」がゴム風船のように膨らんで裂けてしまったのは、「冬のはじまり」であったという。「あの眼の碧い蜂の群れはもうみんなめいめいの蝋でこさえた六角形の巣にはいって次の春の夢を見ながらしずかに睡っておりました」となって、このように各章はすべて最後に本筋とはまるで関係のない働き蜂のエピソードを挿入して終了している。つまりは、だましたりだまされたり殺伐とした醜く激しい生存競争の世界がある一方で、同時に、のんびりとした平和な生活が続けられている別世界も存在している。働き蜂たちののどかな日常生活は、三匹のおぞましい世界と鮮やかな対をなしているのだ。

自分の過ごしてきたのとはまるで違う別の生き方があるかもしれないけれど、それまでの生活パターンをがらりと変えるのはなかなか難しく、年を取ってきたなら尚更である。穏やかな日常を望んでも、職場の人間関係や仕事の都合等々、思うようにいかない方が多い。一つはっきりしているのは、人間、いかに苦しくても誠実に己の信じる道を行くしかないということだろう。幸せばかりが続いていく人生などたくさんあるわけもないし、もしそうならそれが当り前のことになってしまうではないか。カフカの短編「掟の門前(Vor dem Gesetz)」は、他の誰でもないその人だけが通ることのできる門だったのに、そのことに気づく人は、残念ながらあまり多くはなかったようだ。――「ほかの誰も、ここには入れない。この門は、おまえひとりのためのものだった」。

極端な上昇志向で権力欲が強かったとはいえ、三人の中で一番幸福だったのは、結婚してたくさんの子宝に恵まれた蜘蛛である。動物の雄と雌が惹かれ合うのはきっと子孫を残していく本能なのであろう。なめくじと狸は他の者たちをだまして生きていくのが精一杯で、妻を娶るどころではなかった。一生懸命に働いて社会的名声を手に入れたところで、やはり「きみ」(du)のいない「わたし」(ich)は寂しい存在なのである。競争原理だけで人は幸せになることはできないどころか、人を押しのけてそのまま突き進んでいったならむしろ不幸になるだけではないか。蜘蛛だってどこかの時点であの激しい名声欲を捨て去ってさえいれば、きれいな妻ともうしばらくは幸せな生活を続けることができたかもしれない。特に年を取ってきたなら、やはり穏やかで平和な日々の続いていってくれるのを望むのが自然だろう。たとえ波瀾万丈の人生を歩んでも、晩年の短い期間幸せな気分で過ごすことができるならば最高だと思う。

そう、人は人、自分は自分。いたずらに人のことばかり気にして、比較したり競ってみたりしたところで何の意味もないし、むなしいだけだ。人生は長くない。何事があっても、世の中は動いていく。できるだけ楽しく愉快に生きていくにこしたことはない。

「犬は吠える。
　されど
　　キャラバンは
　　　行く」

どんとはれ。
なまねこ、なまね

こなまねこなまねこ。ねんねこねんねこ。

第五章 「わかっちゃいるけどやめられねぇ〜」の美学
――毒もみのすきな署長さん――

色彩感覚

「毒もみのすきな署長さん」は何とも風変わりな物語である。このわずか数頁の作品で、賢治はいったい何を語りたかったのだろう。

プハラの町は、カラコン山の氷河から出た四つの急流が集まって、「大きな静かな川」になったほとりにある。もちろんこれは賢治ワールドの架空の国だけど、氷河や水も透き通る激流、洪水、白い河原、そしてチョウザメなどの描写から、私はすぐに、昔旅した中国新疆ウイグル地方に横たわる美しい天山山脈をイメージしてしまった。さらに、「変な人」に向かって、「〜一俵二両《テール》だなんて、あんまり無法なことを言うな」という署長の科白や、リチキが勘定する「二両」や「三十銭《メース》」といった表現からも、ますますその印象を強くする。テール tael とメース mace は中国の重量や昔

新疆天山山脈

の通貨単位両《リャン》と銭《チェン》の英語名で、両は銭の十倍である。
中国西部に広がる天山山脈群の最高峰ポベーダムは七四三九メートル、そこからはシルダリアとタリムという二つの河川が中央アジアへと流れ出ているはずだ。ウルムチからカシュガルへ飛ぶ飛行機の窓から見えた、真っ白い雪に覆われた雄大な新疆天山山脈は思わず息をのむほどの美しさであった。

谷川は「ごうごう白い泡」をはいているし、水が退いたあとは「白い河原があらわれ」、毒をのんだ魚は「白い腹を上にして」浮かび上がってくるなど、ここではいくつか白の強調が見られる。同じように、「雪渡り」でも「お日様がまっ白に燃えて百合の匂いを撒きちらし」たあとには、白い小狐紺三郎が出てくるし、「水仙月の四日」では、恐ろしい白髪の雪婆んごや白い影ばかりの雪童子が、お日さまが「まばゆい白い火」を焚いている中で、家路を急ぐ子供をまっ白い雪の中に埋めてしまう。白には全ての色が含まれているので、本来は完全性や聖性を表すのだが、賢治童話では「暖かさのない光」のイメージから冷たさの象徴となっていると思われるのだ。
世界でもまれにみるほど清潔好きといわれる日本人とドイツ人のどちらにも、一番好まれる色が白というのは面白い符号である。日本で走っている車の多くが白かシルバーであるのも、その証左だろう。ドイツでは十九世紀のビーダーマイアー時代に最も好まれたのが白色で、当時の「グリム童話」のいくつかにも、さり気なく白の強調が見られる。例えば、白雪姫のかくまわれる小人たちの家には白いベッドや白いテーブルクロスがかけられた食卓があったし、ヘンゼルとグレーテルが見つけたお菓子の家にも、やはり白いシーツをかけて整えられたベッドが二つあった。そもそも白雪自体が白と雪という二重の意味での強調となっているのだ。

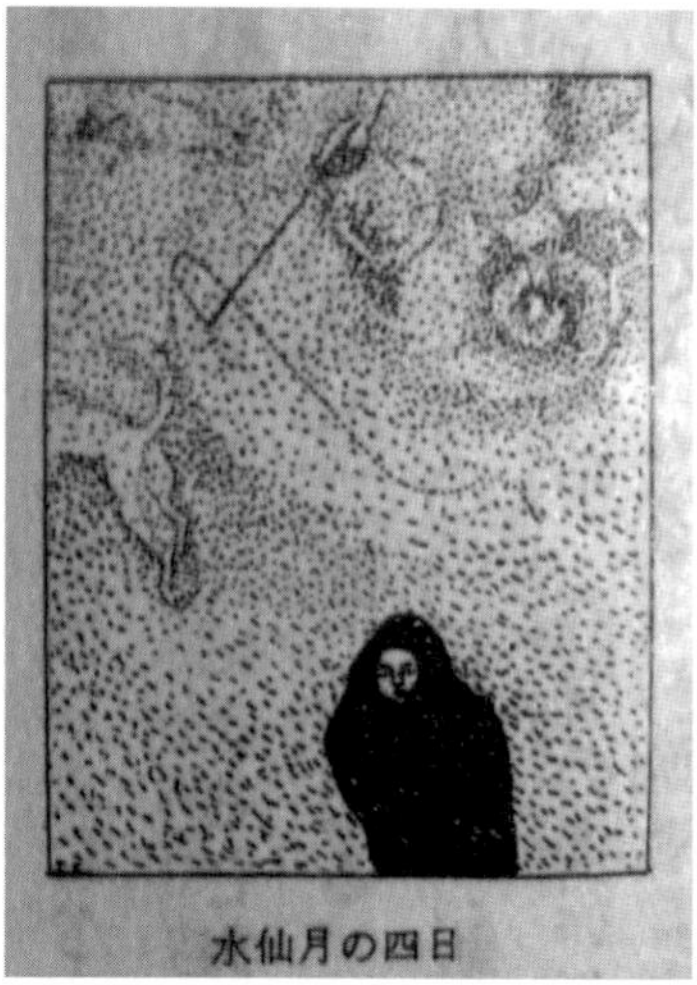

「水仙月の四日」

賢治童話で色の強調が見られる代表的な作品は、なんといっても「注文の多い料理店」であろう。白熊のような犬を連れた二人の若い紳士が迷い込んだ森の中の西洋料理店の玄関も「白い瀬戸の煉瓦」で組まれていたし、鉄砲をもって中へ入っていくにつれて、現れて来る色彩はそれこそ信号機のように目まぐるしく変化していった。このあたり、「漁師とその妻の話（Ven dem Fischer un syner

Fru: KHM19)」(「グリム童話」)と比較してみるのも面白いかもしれない。(色の変化だけに関しては、金成陽一「おとなのグリム童話」彩流社参照)

ところで、アルチュール・ランボーの有名な詩「母音」には、次のような色のイメージが語られている。

Aは黒、Eは白、Iは赤、Uは緑、Oは青。母音たちよ、
ぼくはいつの日か、眼に見えぬきみたちの
誕生を語るだろう。

(清岡卓行「ランボー詩集」河出書房新社)

注意したいのは最初の一行で、黒・白・赤・緑・青の五色が語られている点である。幼児にとって母音はそれぞれの母国語に関係するなにがしかの色と密接に結びついているという説を以前読んだことがあるが、ランボーも案外、無意識裡にそんな記憶を呼び覚まされてこの詩を作ったのかもしれない。同じように賢治もまた色彩に関して、ランボーと同じような感覚をもった詩人だったのではないか。

床屋について考える

氷河から出た四つの谷川はプハラの国からプハラの町へ行って合流し、時折は洪水にもなるという。この「水もすきとおり、渕には雲や樹の影もうつる」綺麗な川には、当然ながらたくさんの魚がおり、美しい大自然にめぐまれたこの国の第一条として、「火薬を使って鳥をとってはなりません。毒もみをして魚をとってはなりません」との条令があるのだった。火薬を使ったり、川に毒を流したりするのは生物の大量死を招くし、とんでもない自然破壊なのだから、このような条令を第一としている国は素晴らしいではないか。

日本でもカスミ網は昭和二十年代すでに使用禁止猟具になっていたはずだが、実際には隠れて使っていた人が多かったらしい。それは鳥が見えぬほど細い糸で作られた大きな網を空中に張って野鳥を引っかける仕組みで、絡まった鳥はいくらもがいても糸から抜けられず、最後には衰弱して死んでしまうという残酷な道具なのだ。一羽 づつ銃で撃つよりは一度に大量捕獲ができるのだから、合理的ではあるけれど……。一方、火薬を用いる爆発漁法とは、その強力な衝撃波で魚を気絶させて捕まえるやり方で、あまりに生態系を破壊するため、こちらも今日では多くの国で禁止されている。しかし、好きでやっている人間にとっては、やはりいっぺんに大量の魚が手に入るのだから、愉快には違いない。

プハラの町の説明が終わった後、物語にはなぜか突然「下手な床屋」のリチキが登場してくる。私ははじめ彼の名を「リキチ」だとばかり思っていたのが、後になって「リチキ」であるのに気づいた。現在残されている二種の草稿のうちの一つでは、賢治自身がやはりはじめのうちは「リキチ」にしていたのを「リチキ」に直したという。きっと、「リキチ」という名ではあまりに日本的になってしまうと思ったのかもしれない。

このリチキが、タイトルにある「毒もみ」とは何かを教えてくれる。簡単に言うなら、それは山椒の樹の皮をついて、もみじの木の灰を混ぜ、袋に入れて水の中で手もみすることだ。これが魚にとっては強い毒らしく、「口をあぷあぷやりながら、白い腹を上にして浮かび上がる」のである。そしてこの後に、何とも不思議な一行が続いている。

そんなふうにして、水の中で死ぬことは、この国の語ではエップカップと言いました。これはずいぶんいい語です。

エップカップがどうしていい語なのか、説明はないのだが、溺れるオノマトペとしてどことなくアップアップにも似て、的を射ているとでもいうのだろうか。

毒もみをする者を押さえるのが警察の一番大事な仕事であるという説明の後、「どこか川うそに似た」新しい警察署長がこの町にやって来ることになったのに、このころ「規則第一条を用いないもの」がでてきたのだという。第一条の犯人を押さえようと思った子供たちは、一日沼の岸にいた署長さんたち三、四人を目撃して、それから半年がたったころにやはり一人の子供が偶然にも、署長と「変な人」との毒もみの原料の値段についての会話を聞いていた。子供からこの話を聞いた床屋のリチキが毒もみの収支計算をしてみると、差し引き二十両七十銭が署長の利益という結果であった。結局、犯人はこの署長だったのだけど、それにしても、彼が「どこか川うそに似ていた」という伏線は、風貌が川うそに似ている人は、その性格まで川うそに似てしまうものなのかと考えるだけで愉快だ。

川うそは自分が捕獲した魚を食べる前、川岸に並べて置くという習性があり、その姿が魚を供物に見立てて先祖を祭る様に似ていることから獺祭魚《だっさいぎょ》と言われるのである。「獺祭を祭る」(たつうおをまつる)とは、もともと中国儒教の経典「礼記《らいき》」(礼に関する注記の意)の「東風凍を解き、啓蟄は始めて振く。魚氷に上り、獺祭を祭り、鴻雁来る」(要するに、春、川うそが魚をとらえることを言った)から出た言葉である。

わき役としてリチキが登場するのも、床屋が昔から人々の集まる溜り場だったからだろう。テレビもラジオもない時代、そこでは毎日いろいろな人のいろいろなニュースが飛び交っていたとは容易に想像がつく。中世ヨーロッパでは、床屋がなんと医者の役割も果たしていた。今も床屋の前でグルグル回っている赤、青、白の看板はその当時の名残り、つまり赤は動脈、青は静脈、そして白は包帯の色を象徴させているのである。

新しい署長はみんなにとても親切で評判も良かったというのに、次第に変な噂が立つようになったので、プハラの町長が直接署長に会いに行ったのだった。すると署長は驚くほど簡単に、「実は、毒もみは私ですがね」と、自分が犯人であることを白状してしまった。そして、死刑の判決が下って、首を切られるときの署長の科白に、みんなが「すっかり感服」することになる。「ああ、面白かった。おれはもう、毒もみのこととときたら、まったく夢中なんだ。いよいよこんどは、地獄で毒もみをやるかな」。

なんと痛快な終わり方であろうか。「何事であれ、好きなことはとことんやるべし」という言葉を実践したこの署長は謂わば見事な反面教師で、悪の実行者であったとしても、みんなは別のレベルで彼の徹底した命がけのやり方に尊敬の気持すら抱いたのである。

弟清六氏の「〜実はこの人達のようなのが賢治の好きでたまらなかった人間型であったようだ」(ちくま文庫6「解説」より)とのコメントを読んで、私など少しホッとしている。一般に、あまりにも賢治を聖人君子のように崇めてしまう風潮に少しばかり反発があったからだ。彼だって法華経布教に関しては過激であったし(信じているものを正しく伝えたい時には、誰だって激しくなるものだ)、春画も集めていたというではないか。(あ〜、エガッタ、エガッタ!)。

イソップ寓話「蝉と蟻たち」を考える

ここでイソップ寓話の有名な「蝉と蟻たち」(日本では「アリとキリギリス」に変更された)について考えてみたい。というのも、この寓話が日本では「困っている人には親切にすべし」という、原作とはまるで違った教訓話になってしまっているからだ。オリジナルテキストの蟻たちは蝉に食糧など一切恵んでやらず、「好きなことは徹底して行え」と言っているのだ。

336　蟬と蟻たち

冬の季節に蟻たちが濡れた食料を乾かしていました。蟬が飢えて彼らに食物を求めました。蟻たちは彼に、「なぜ夏にあなたも食料を集めなかったのですか。」と言いました。と、彼は、「暇が無かったんだよ、調子よく歌っていたんだよ。」と言いました。すると彼らはあざ笑って「いや、夏の季節に笛を吹いていたのなら、冬には踊りなさい。」と言いました。

この物語は、苦痛や危険に遇わぬためには、人はあらゆることにおいて無用心であってはならない、ということを明らかにしています。（岩波文庫）

教訓は、「人はあらゆることに不用意では駄目」「危険に対しては常々注意を怠るな」「油断大敵」「自分を救うのは自分である」といったところだろうか。原典の蟻は蟬を嘲笑って「夏に笛を吹いていたなら、冬には踊れ」と言っている。要するに、物事は徹底してやるべきであって、「状況が変わったからといって、おいそれと止めるな」と蟻は主張しているのだ。

日本版「アリとキリギリス」の結末は、「謝れば何事であれ許される」というこの国の慣習を見事に映し出してはいまいか。ドイツなどなら謝った時点で、次にはその責任が問われるけれど、日本の場合謝罪するか否かが大問題で、謝った者に対しては、「潔い」云々と実に寛容なのである。

その意味でこの作品は、風土によって教訓の意味すら変わっていくユニークな例となっている。とは言っても、最近では、日本版子供向け「イソップ寓話」でも、原典と同じ結末になっている作品が徐々に増えつつあるようだ。こうした傾向の根底には、「自己責任」が重要とされる時代の反映があるのかもしれない。

比較的新しい「いそっぷ童話集」より引用する。


ありの子どもは、せみを気のどくに思って、食べものをすこし分けてもいいか、とおじいさんありに聞きました。

するとﾞ、おじいさんありは、「それは、できないよ。夏のあいだ、歌って遊んでいたものに、分ける食べ物はない。帰ってもらっておくれ」と答えました。

その声は、外にいるせみにも聞こえました。

「ただでもらおう、というのではありません。ほんの少しでいいから貸してほしいのです。来年には、利息をつけて、お返しします」とせみが言うと、おじいさんありは、

「貸したり、借りたりは、自然の掟にはない。それは、おろかな人間たちがすることじゃ」と言って、ありの子どもに、小窓を閉めるよう言いつけました。


（いわきたかし「いそっぷ童話集」童話屋、二〇〇四年）

弱いものに同情する温情主義と厳しく突き放つ自助の精神と、果たしてどちらが重要かという命題に、すぐに答が出せるものではないだろう。参考までに、有名な教育論「エミール」の中で「蝉と蟻たち」を厳しく批判したジャン＝ジャック・ルソーの言葉を引用しておく。

子供は蟻の役割を選びたがるだろう、それが自然の選択なのだ、と言う。蟻は強者の立場を十分に享受して蝉を突放し、その上嘲笑する。蟻の方が「恰好がよい」のは明らかである。だが、この蟻の冷酷さに子供が自然に共感するとすればこれは有害な寓話だ。

（小堀桂一郎「イソップ寓話」中公新書）

さて、如何だろう。

能「鵜飼」論考に関して

この署長の最後の言葉は能「鵜飼」に由来している、と鋭い指摘をしているのは田中成行氏だ。私は、氏の論考「童話『毒もみのすきな署長さん』と能『鵜飼』と常不軽菩薩――署長さんの『毒もみ』と鵜飼いの『鵜飼』の『面白さ』」（賢治学［第四輯］地域と賢治、岩手大学宮沢賢治センター、東海大学出版部、二〇一七年）を大変に興味深く拝読した。

氏が「毒もみのすきな署長さん」を読む時に思い出されるという言葉を引用しよう。

それは能「鵜飼《うかい》」の、殺生禁断の石和《いさわ》川で鵜を使って魚を捕り、殺されて地獄に落ちていた漁師の言葉である。

「……おもしろの有様や。底にも見ゆる篝火に。驚く魚を追ひまはし。かづき上げすくひあげ。隙なく魚を食ふ時は。罪も報いも後の世も。忘れはてて、おもしろや……」

いずれも、その土地の法律を破って魚を捕り、捕まって死刑になっても「毒もみ」や「鵜飼」で魚を捕ることを「面白い」と言い続ける人物を描いているのである。（中略）さらに、能「鵜飼」で、「鵜使い」という鵜を使って魚を捕る漁に「おもしろや」と夢中になり殺生禁断の川で殺された亡霊となった主人公のシテの「漁師」を、「日蓮聖人」として当時の観客に理解されていたワキの「旅の僧」が、法華経で供養して成仏させる点に注目したい。

この作品に関する田中氏の指摘は大いに示唆的で、本当に「目から鱗が落ちる」思いであった。私など能を見ると必ず居眠りをする碌でもない観客だけど、この「鵜飼」という作品は機会があればぜひとも一度見てみたいと思う。

源氏物語から藤原定家、西行、芭蕉、法華経、その他、田中氏の博覧強記ぶりには、最後に、この爺も「すっかり感服しました」。

第六章「のんのんのんのん」の仮面
――オツベルと象――

「ありがたきもの」と「たいした人」

人間、付き合っていくにしたがって、だんだんとその人のいいところが分かってくるのが理想的だけれど、現実には残念ながらその反対の場合の方がはるかに多いのではあるまいか。仲良くなった後、友情をずっと維持していくのはやはりある程度の努力も必要なのだ。夫婦であれ、友人であれ、一人でも心底馬の合う相手を見つけられた人は、本当の幸せ者といえるだろう。

清少納言も「枕草子」第七十五段（ありがたきもの：めったにないもの）の最後に、「男、女をばいはじ、女どちも契うかくてかたらふ人の、末までなかよき人、かたし」（「枕草子」岩波書店）「現代語訳「男女の仲はいうまでもないが、女どうしでも親しくつきあって、終わりまで気持ちよく友だちでいられることはむずかしい」（大庭みな子訳、講談社）」と述べている。つまりは、いつの時代であれ、人間そう変わるものではないということだ。二〇二一年夏に、コロナ対策給付金をだまし取ったとして逮捕された二人の経済産業省キャリア官僚の事件が、記憶に残っている。親友であった二人は将来を嘱望されて、互いに「数少ない友人の一人」と語っていたというのに、逮捕されてからというもの、「付き合う相手を間違えた」(読売新聞、二〇二一年七月十七日)と悔やんでいたという。この事件など、その人の陰湿な内面に気づかず、表面的な付き合いだけであった虚しさを表して、とても切ない気がする。

さて、「オッベルと象」という奇妙なタイトルの物語だ。これは、優しそうな仮面をつけた男の破滅の物語といえるだろう。うろ覚えながら、昔このタイトルはたしか「オッペルと象」だったと記憶するのだが、いつの間にかオッペルがオツベルに変わったらしい。その理由を「定本宮澤賢治語彙辞典」(原子朗、筑摩書房)は、物語が最初に掲載された「月曜」誌創刊号(一九二六年)にはもともと「オツベル」となっていたのだからオッペルは誤記、と明確であった。しかし、旧校本全集ではずっとオッペルとなっていたらしく、私の記憶も間違ってはいなかったようだ。誤記理由の一つを同辞典は、盛岡方言に悪賢い人を指す「オッペ」があるので、「オッペル」がふさわしいという地元の人の説を紹介している。そして、さらにもう一つの理由は、「十九世紀後半に上海在住のオッペルと言うドイツ商人が日本や朝鮮に来航し、悪事をはたらいた、その商人の名をヒントにした、という説に従えばオッペルもいわれのない誤りではなかったということになる」。

オツベルなる人物が一体何者であるのか、われわれには一切知らされていないのだけれど、語り手である「ある牛飼い」は最初から彼は「大したもんだ」と紹介する。なぜなら彼は、「のんのんのんのん」と大きな音を立てる新式の稲扱器械を六台も持っているし、十六人もの百姓たちをよく働かせているのだから。でも、黄色いあめ色のパイプをくわえて両手を背中に組み合わせ、初めは良さそうに見えたこの「大したものだ」った人は、最後には塀からどっと落ちてきた五匹の象に「くしゃくしゃに潰され」てしまう。一体どこで何が、どう変わってしまったというのだろう。

（あまり関係ないけど、）私も以前、琥珀色のパイプをふかしていたことがある。それは五十年も昔、イスタンブールで買った白い海泡石（ドイツ語の Meer Schaum Stein の直訳である）で作られたパイプで、彼の地ではよく知られたものであった。何年か使い続けると、人の顔形をした刻み煙草を入れる部分が次第に美しい琥珀色に変わってくるのである。賢治は大正七年「アンデルセンの白鳥の歌」で、琥珀の美しさをいくつか歌っている。

あかつきの　琥珀ひかればしらしらと　アンデルセンの月はしづみぬ
あかつきの琥珀ひかれば白鳥の　こころにはかにうち勇むかな
白鳥の　つばさは張られ　かがやける琥珀のそらに　ひたのぼり行く

（『宮沢賢治全集（3）』歌稿。筑摩書房）

われわれがオツベルを善人に違いないと感じる一つの理由は、恐らく、語り手が意図的に用いる巧みなオノマトペの印象から来るのではあるまいか。何しろ器械ですら「のんのんのんのん」と動いているし、彼の食べるオムレツだって「ほくほく」し、そして彼自身も「のんのんのんのん」とやっていたのだから。続橋達雄氏はこのオノマトペを、足で踏む稲扱機の音をとらえたものであろうと述べている。

この当時、その機械があったとすれば――。あるいは、佐々木喜善「聴耳草紙」の「鬼婆と小僧」に「バンバ(婆婆)は怒って、小僧のがすもんかと叫んで追って行った。ノンノン(足音)と追っかけて行くと……」とある。そうした方言を活用したものか。

(「群像　日本の作家12　宮沢賢治」小学館)

十六人もの人が一ぺんに脱穀し続けていたなら、藁はたちまち山となるだろうし、学校ぐらいある小屋とはいえ「こまかなチリで、変にぼうっと黄色になり、まるで砂漠のけむりのよう」にもなるだろう。現代なら粉塵災害で労働基準法違反の大問題となりかねないけれど、物語にとっては一面秋色に染まった黄色い部屋の中で働く百姓たちの真っ赤な顔との対比の方が面白い。その後さらに「ペンキを塗ったのではない」白い象が何の脈絡もなくひょっこりと現れて来るのだから尚更である。

白象

昔、長い坂道をずっと上り続けていくつかの寺院をめぐり、最後に白象が祀られていた大きな伽藍に辿り着いたことがある。象の大きさは、ほぼ実物大であったろうか。そこは中国四川省にある峨眉山の聖壽萬年寺で、伽藍に通じる道の両脇には小象ほどの大きさの像が一つ置きに長い鼻を垂らしたものと、鼻を頭の上に載せたものとが整然と並べられていた。この山が日本人によく知られているのは、芥川龍之介作「杜子春」(「赤い鳥」大正九年)の舞台としてかもしれない。杜子春は峨眉山の仙人に仙術を教えてほしいと頼むのだが、それはまた別の話になってしまうので、触れないでおく。ここでは峨眉山が中国三大霊山の一つで、仏教を守護する聖なる生き物である白象に乗って現れて来る普賢菩薩の霊場であることを取り上げておきたい。普賢菩薩は女人成仏を説く法華経によく登場し、日本では特に女性の信仰を広く集めたようだ。法華経信徒であった宮沢賢治が「オツベルと象」に白象を登場させたのも、根底では彼

白象

聖壽萬年寺の白象

の信仰とつながっていたのではあるまいか。

さて、ほとんど人影のない静謐な空間の中に突然出現した美しい見事な象との邂逅は、偶然なのになぜか必然のような気分であった。この白象が以前からずっと私がここに来るのを待っていてくれたような気がしたのである。私の心は、（失礼ながら）象の上に静かに鎮座される普賢菩薩様よりも、この白象の方に魅了されていた。その表情には不思議な落ち着きが漂い、背中に結跏趺坐する御仏と同じように見開いたままの眼で瞑想しているかのような雰囲気が漂っていた。

白は純潔、聖性そして霊性を表す色であり、仏教における象は仏陀の聖獣である。仏陀の母、麻耶夫人《ぶにん》が懐妊した時、鼻に白蓮を持った白い象が夢に現れて「この世を治める王の誕生」を知らせたという。白象はまた仏教における「三宝」（つまり仏（悟りを開いた人）、法（仏の説いた教え）、僧（仏の教えに従って、悟りを開くため修行する人々）の三つ）（「西洋シンボル辞典」三省堂）のうちの「法」・菩薩の乗り物・同情・愛・親切を象徴しているという。

同じくインドのヒンズー教の神で、象の頭部を持つガネーシャはどうだろう。シバ神の息子であることの神は、移ろい易く危ない不条理と仮象の世界の中で「おおよそ変化する現象一切の原理を表している」(『動物シンボル事典』大修館書店)。さらに、ガネーシャの最も重要な役割は「あらわれの母＝女神たるマーヤと番《つが》い、仏陀その人を子としてもうけることであった。ガネーシャ象がこの栄えある系譜の始祖となるのは、その長い鼻でマーヤの頭部をさし貫くことによって」(『動物シンボル事典』)だという。「万軍の主」を意味するガネーシャという名は、「恐らく戦争の時、象が使用されることに由来している」(『神話伝承事典』大修館書店)。例えばカルタゴの将軍ハンニバルも、象の魔力が戦の勝利には欠かせないと思ったからこそ、象を連れてアルプス越えを行ったのだ。

話を戻そう。「のんのんのんのん」やっていたオツベルのところへ、白象はどういう訳か突然「ただなにとなく」やって来たのだった。この象の出現に対する百姓たちの驚きと対照的に、オツベルのわざと「何でもない」といった取り澄ました態度との比較は面白い。これが象ではなくてライオンや虎といった猛獣だったならオツベルだって慌てふためいてすぐに逃げ出していたに違いない。そう、象は地上で一番体の大きな動物にもかかわらず、その性格は極めて穏やかで攻撃性も少ないのである。「大した」人であるオツベルは、ちらっと「象を見た」時、きっと象のそんなおとなしい性格を即座に見抜いたのだろう。だからこそ彼はその後だって「何でもないというふうで、いままでどおり往ったり来たり」することができたのである。

象は、百姓たちと同じようにオツベルにも「ぎょっとして」欲しかったためか、「片足を床にあげた」けど、それでも尚オツベルは「いかにも退屈そうにわざと大きなあくび」をしていた。象にとっては、これほど自分がみんなに無視されるとは心外だったらしく、次に「前肢二つつき出して小屋に上がろうとし、ついにはのこのこ上がってきた」。興味があってもない振りをしたり、ものすごく欲しいものでも欲しくない振りをしたり、人間世界の大人の様々な駆け引きなど、恐らく象にはまるで無縁だったろう。だから象はオツベルの心理作戦にいともたやすく、まんまと嵌まってしまったという訳だ。

白象と「かかり合っては大へんだから、どいつもみな、いっしょうけんめい、自分の稲を扱《こ》いていた」この百姓たちについて、安藤恭子氏は次のように述べている。

> 百姓たちは、工場労働者として社会の中に組み込まれ、しかし、「オツベル」とは経済活動以外の結びつきのない（地縁としての義理もない）者として、事件が起きても傍観するか逃げるかどちらかである。参加はしているが積極的に荷担はしない「百姓」は、力の弱った後の「白象」とともに、構造内部にいて構造を変革できないものとして登場している。結局は、象の仲間たちという新たな外部の力の登場を待つしかない。
>
> （「オツベルと象」『国文学　宮沢賢治の全作品を読む』学燈社、平成十五年）

こんな百姓たちの姿から私がすぐに連想したのは、カフカの短編「舵手（Der Steuerman）」である。船を操縦している「私」の前へ突然出現した背の高い男が、私を押しのけて舵輪を握ろうとする。

譲らずにいると、男は私を足でゆっくり踏み倒して、舵輪を奪ってしまったのだ。私が大声で船員たちを呼ぶと、彼らは「のろのろと船室を出て階段から甲板にあがってきた」。

いかつい身体のくせに、よろよろとし、ぐったり疲れているようだった。「おれは、この船の舵手だろうが？」と、わたしはたずねた。みんなは、うなずいたけれども、その眼は、見知らぬ男にだけむけられていた。彼らは、男のまわりに半円形になって立っていた。そして、男に命令口調で、「おれの邪魔をしないでくれ」と言われると、ひとかたまりになって、わたしになにやらうなずきかけ、またぞろぞろと階段をおりていった。なんという連中だろう！　あれでもものを考えているのだろうか。それとも、ただ意味もなく地球のうえをもそもそと渡り歩いているだけなのだろうか。

（前田敬作訳「カフカ全集2　ある戦いの記録・シナの長城」新潮社）

舵手が好き勝手に舵輪を回すなら、船の目的地そのものが変わってしまうというのに、それでも船員たちは何の反発もせず、いつも強い者にただ唯々諾々と従っていくのみなのである。自分の運命そのものが変わってしまっても、安泰でいられるのなら、それはきっと一番楽な方法かもしれないのだが。百姓たちは恐らく、ずっと上から目線で見られていた使用人という立場に慣れきっていて、近代的な平等の労使関係などという発想はまるでなかったのだろう。

頭や首や歯にパチパチとモミをあてている象に、オツベルが「どうだい、ここは面白いかい」と尋ねると、「面白いねえ」というこんな簡単な会話だけで交渉は成立してしまった。「ずうとここにいたらどうだい」「いてもいいよ」。話は、「どうだ。そうしてこの象はもうオツベルの財産だ」と続く。そして更に「いまに見たまえ、オツベルは、あの白象を、はたらかせるか、サーカス団に売りとばすか、どっちにしても万円以上もうけるぜ」と。ここにきてわれわれはやっと「大した」人オツベルの正体にうすうす気づくことになる。この出来事がおこったのは第一日曜であった。本来は人々が休んでいるはずの日なのに、それでもオツベルは百姓たちをこき使っていた。

日曜日に

次に物語は一週間後の日曜日となる。オツベルは従業員(百姓)たちを休みなしで働かせていたのだろう。それでも依然としてテキストにはオツベルときたら「大したもんだ」と書かれているのだが、今度はそこに「象もじっさい大したもんだ」という一行が加えられた。だが、同じ「大したもの」でもその理由は、象は二十馬力もあって外見も美しく、「ずいぶんはたらく」からであり、一方、六台もの稲扱器械を所有する抜け目のないオツベルの方は、狡猾さによってうまく百姓たちを支配しているからなのである。支配する者とされる者のどちらも「大したもの」であっても、その内面的な力のレベルはまるで違っていることに気づかねばいけない。いつの時代であれ、支配する者がされる者よりも圧倒的に強く有利であるのは当然だ。権力を握る者は時によって平気で暴力や武器を使い、有無を言わせず弱者を屈服させる。だから語り手はここで、「けれども(象が)そんなに稼ぐのも、やっぱり主人が偉いのだ」という一行をさりげなく挿入している。「オツベルと象の如きにはあきらかに、苛酷な搾取者に対する弱い者の最後の手段として、自然発生的な蜂起を扱ったものである。(「童話集　銀河鉄道の夜・他十四篇」解説、岩波文庫)という谷川徹三氏の主張は、このあたりを指しているのだろう。

その主人が唐突に「時計はいらないか」と顔をしかめながら訊いた時、象は「いらないよ」と笑って返事していた。それでも、「まあ持ってみろ。いいもんだ」とオツベルがブリキ製の大きな時計を象の首からぶら下げると、「なかなかいいね」と象も言ったのだった。象は案外このブリキ製の大時計を巨大な玩具の一つと考えたのかもしれない。一昔前、子供たちの玩具といえば、ほとんどがブリキで作られていたのだから。象がその時計を気に入ったと見るや、オツベルは即座に、「鎖もなくちゃだめだろう」とたたみかけて、百キロもある鎖を前肢に付けてしまう。更に彼は靴も履かせたし、その飾りだと言ってそこに四百キロ以上ある分銅さえも嵌め込んでしまった。初めから相手をだまそうとして近づいてくる巧妙な詐欺師にかかったなら、普通の人などいとも簡単に手玉にとられてしまうだろう。そして、だまされたと気づいた時は、当然ながらもうすでに全て手遅れなのである。

オツベルが「時計はいらないか」と尋ねた時、象は「丸太で建てた象小屋」の中にいたというのだから、この一週間のうちに立派な小屋が造られていたのだ。自分のために丸太小屋を建ててくれた人に何かを要求されたなら、それを無下に断るなどなかなか難しいに違いない。だから、象が次から次に彼の言うことに従ったのも当然といえば当然であった。

ところで、この時計のシーンで、私はすぐに少年時代の賢治が読んだ短歌を思い出す。

父よ父よ　などて舎監の前にして　かのとき銀の時計を巻きし　（明治四十二年四月）

父親政治郎が舎監（教師）の前で、これみよがしに銀時計を見せびらかすというプチブル的行為に、多感な少年賢治が大いに傷ついてしまったのは想像に難くない。

白象がプレゼントされたのは高価な銀時計などではなく、「偽物」の象徴でもあるブリキ製である。ブリキといえば、ヨーロッパでもまがい物のイメージが強く、例えば、ドイツ語でブリキ（Blech）といえば、軽蔑的に勲章のことで、「ブリキのことを話すな（Rede keine Blech!）」とは「馬鹿げたことを言うな！」という意味だ。さらに「ブリキをたたく（aufs Blech hauen）」は「大ぼらを吹く」という俗語。ギュンター・グラス「ブリキの太鼓（Die Blechtrommel）」では、主人公の少年オスカルがブリキを棒でたたいて偽物の音を拡散させていた。彼は子供の時に階段から落ちて成長が止まり、外見は子供のまま内面だけが大人へと成長していたのに、それに気づいた人はおらず、彼の存在そのものが偽物だったのである。

時計という時を刻む道具を発明してから、人間は果たしてどのぐらい幸せになったのだろう。時計は非常に便利なもので、多忙な現代人には一番の必需品どころか、それがなければ文化的で快適な日常生活など不可能ではないか。しかし、別なレベルでこの便利な道具は非常に残酷でとことん人間を苦しめていくものでもある。分刻みの時に追われて齷齪と動き回る現代人の姿は、なんとも哀れに思えるし、人を束縛するタイムカードなどまさに悪魔の発明品と言える（会社人間は、時間を切り売りして生活しているのである）。時を刻むこのシンプルな器械に、人間が殺されてしまうことさえありうる。

オツベルは、まるで別の世界に暮らしている白象に、人間世界の規則を無理矢理当てはめようとするその不条理に気づいていないか、あるいはたとえ気づいていたとしても、傲慢な彼は力づくで象を屈服させることができると信じている。物理的に経過する時を計測できる人間と、ただ流れゆく時を自由に彷徨いゆく動物たちとを同じレベルで捉えようとすること自体ナンセンスではないか。人間は己の時が有限で、やがては死が訪れるのを認識できるのに対して、動物にそんな認識があるとも思えない。計測可能な日常を送る人間と、時計などにはまるで束縛されずに、本能の赴くまま時の流れとは無関係に生きる存在とでは、共通の尺度など存在するはずもない。それなのにオツベルは白象の前肢に百キロの鎖を括り付け、靴の上から四百キロもある分銅を嵌め込んだという。それでも象は、「うん、なかなかいいね」とさも嬉しそうに言っていた。狡猾な詐欺師にかかっては、善良な者が本当に騙されたと気づくまでには、相当に時間がかかるようである。（「洞熊学校を卒業した三人」の狸の姿が思い浮かぶ）。

時計による自由の制限は目に見えないけれど、鎖や分銅となったら実際に人（や動物）をがんじがらめに束縛して苦痛を与える道具ではないか。それでも象はまだオツベルを少しも疑わないし、まさかこの善人であるはずの人間によって自分が死にそうな苦痛を味わわされる羽目になるとは夢にも思ってはいなかった。まず初めは川から水を汲んで、菜っ葉の畑にかけること。最初の仕事をオツベルに頼まれた象は喜々として、「もう何杯でも汲んでやるよ」とうけ合い、「稼ぐのは愉快だねえ。さっぱりするねえ」と言って、十把の藁を食べたという。この時、西の空にはほんの少しの間だけ見える弓形のごく細い三日の月が出ていた。

しかし、次の日に九百把の薪を運んだ後は八把、翌日は七把、そして五把と、象の食欲は日々目に見えて減っていく。「よくまあ、五把の藁などであんな力が出るもんだ」と語り手は驚きながらも、「（頭がよくて偉い）オツベルときたら大したもんさ」と付け加えてこの章が終わる。そして、象の食欲が減るのに反比例するかのように、月の方は日ごとにその形を膨らませていく。

ここで物語はいきなり第五日曜日へと移り、思わぬ急展開をすることになる。語り手（である牛飼い）は、「前にはなしたあの象を、オツベルはすこしひどくし過ぎた。象がなかなか笑わなくなった」と言う。象は、「苦しいです。サンタマリア」と三把の藁を食べながら、十日の月を仰ぎ見ていた。そして、次の十一の月を見た時にはフラフラに倒れて、「もう、さよなら。サンタマリア」と、既に藁も食べられなかったようだ。象の食欲が減ったのは過労のためだったのか、あるいはオツベルが意図的に藁を減らしたのかはこの段階ではよくわからない。いずれにせよ、象が痩せて、

「さよなら」と地べたに座り込んでしまうと、日毎に太ってきた月が、「おや、何だって？　さよならだ？」と驚くのが面白い。

「欠けていく月は不吉な魔相を、三日月と満ちいく月は光、成長、再生をあらわす」(『動物シンボル事典』大修館書店)という。元の形へ戻ろうとするその果てしのない同期性の故に、月は生命のリズムを示す典型的な天体とされているのだ。太陽が一般に男性的力のシンボルとされるのに対して、月は女性的力のシンボルとされている。象が、「苦しいです。サンタマリア」と言うのも、キリスト教の月が聖母マリアとキリストの光を反映する教会を表しているからだろう。「月は十字架に懸けられたキリストの人間的側面を表し、太陽は彼の神性を表す」(『イメージ・シンボル事典』大修館書店)ともいわれている。

「ほんたうの神様」

賢治が熱烈な法華経信者であったのはよく知られているが、同時に花巻に住む齋藤宗次郎というクリスチャンからキリスト教の影響を受けたこともあったらしい。普賢菩薩様を乗せるような象が一方で「サンタマリア」と呼びかける微かな理由がこんなところにも潜んでいそうだ。私が子供の頃でさえ、クリスマスやモミの木のツリー、そしてまた、サンタクロースやキャンドルを灯した聖歌隊、等々、キリスト教を信じるかどうかは別として、その醸し出す独特な西洋的雰囲気に対する憧れは大きかった。戦前の子供たちなら、尚更のことだったのではないかと想像する。賢治はまた、妹トシから、日本女子大学の創立者で、人生をかけて真理や「ほんとう」を追求した成瀬仁蔵の思想を伝えられたという。

彼は「銀河鉄道の夜」の中で「ほんとうの神様」について次のように書いている。六つばかりの男の子と十二ばかりの可愛い女の子、そして背の高い青年が、銀河鉄道から降りていく時、ジョバンニが子供たちと話す場面だ。


「天上へなんか行かなくたっていいじゃないか。ぼくたちここで天上よりももっといいとこをこさえなけぁいけないって僕の先生が言ったよ」

「だっておっ母さんも行ってらっしゃるしそれに神さまが仰るんだわ」

「そんな神さまうその神さまだい」

「あなたの神さまうその神さまよ」

「そうじゃないよ」

「あなたの神さまってどんな神さまですか」青年は笑いながらいいました。

「ぼくはほんとうはよく知りません。けれどもそんなんでなしにほんとうのたった一人の神さまです」

「ほんとうの神さまはもちろんたった一人です」

「ああ、そんなんでなしにたったひとりのほんとうのほんとうの神さまです」

「だからそうじゃありませんか。わたくしはあなた方がいまにそのほんとうの神さまの前にわたくしたちとお会いになることを祈ります」青年はつつましく両手を組みました。

山下聖美氏は「宮沢賢治のちから」（新潮新書）の中で次のように述べている。

仏教や神道、キリスト教、そしてアメリカの哲学者ウィリアム・ジェームズの影響を受けた成瀬は、後に「帰一《きいつ》」という考え方を自らの思想の到着点としている。「帰一」とは一致・協調の意で、成瀬によれば「即ち此の神、この生命、この実体なる大潮流と一に帰ること」であり、全ての人間に共通する「絶対的実在」を志向するものである。賢治のいう「ほんたうのたった一人の神さま」とは、まさにこのことではないのか。

また、「宗教が『ほんとう』であることの選択力についてどう評価するか」と聞かれて、吉本隆明氏は次のように答えている。

解釈として言えば、宗教の神、宗教の仏、あるいは宗派の至上物というふうにその宗派の人が考えているものは、それぞれの宗派の人にとってはほんとうであって、その次元で言うなら宮沢賢治自身も「法華経」が記述している仏のあり方が自分にとってほんとうなんだということになるわけでしょう。でもそうすると「私の神がほんとうなんだ」、「いや、私のほうがほんとうなんだ」という次元の対立になります。宮沢賢治が「ほんたうのほんたう」みたいな言い方をさせているものは、たぶん、宗派の人が「ほんたう」と言っているものとは違う次元の、それらを全部肯定的に包括できる「ほんたう」というのがあるはずだということを言いたいんだと思うんです。(『宮沢賢治　修羅と救済』「ほんたうの神様」と「科学」河出書房新社)

盛岡中学四年の頃に賢治は浄土真宗の島地大等の仏教講和を聞き、彼が編輯した国訳妙法蓮華経を読んで、感動のあまり「驚喜して身体がふるえて止まらなかった」ほどであったという。弟清六氏によれば、盛岡高農を卒業後の賢治は「家中を法華経に帰依せしめて、正しい宗教に改めたいという理由から、(中略)東京に家出したのであった。そして本郷帝大前での謄写版原紙を書いて生活し、上野鶯谷の国柱会に奉仕して街頭布教をしたり、図書館で勉強したりした。その間に爆発するような勢いで童話を書いた」。(「兄のトランク」)

もう少し、宗教に関する話を続けていこう。先ほどの、「普賢菩薩を乗せていたはずの白象が、どうしてキリスト教のサンタマリアに救いを求めるのか」との問いは、日本では恐らくあまり大きな意味をなさないのではないか。なぜなら、日本人の持つ神様に対する一般的なイメージというのは「あらゆるものを慈しみ、優しく包み込んで、救って下さる」はずの存在だからで、苦しい時に本当に救ってくださるのなら、われわれは神様にでも仏様にでもお祈りするという訳だ。そもそも、

「あらゆるところに神がひそむ」という神道の考え方に基づいて、日本人は仏教を受け入れ、神仏習合ということになった結果、全く異なった仏教と神道という二つの宗教が争うどころか、互いに仲良く共存しながら今日に至っているのである。東大寺のすぐ隣に春日大社という神社がある日本のように、ヨーロッパで教会のすぐ隣にイスラムモスクがある光景などありえないということだ。しかし、日本では、仏教の神を神道の神々が守るという発想で、相仲良く共存する素晴らしい平和的な結果となっている。

実家が浄土真宗で本人はクリスチャンである知人は、ご先祖様にお線香をあげることがあるという。厳密な意味で、本来のキリスト教ではこのようなことは許されないであろう。だが、「あらゆるものを慈しんでくださる神」という日本人の持つ独特の感覚からいうと、「この程度のこと」は神様もお許し下さるのではないか、と思うのかもしれない。つまり、多くの日本人にとって、旧約聖書の「妬む神」である唯一にして絶対の神を理解するのは非常に難しいのだ。古来、われわれは草木も生えぬ砂漠地帯のような厳しい自然環境の中には住んでいなかったのだから。ドイツ人と結婚した昔馴染みの女性があるとき、「私はキリスト教徒だけど、ドイツと日本のキリスト教はどうも少しばかり違うような気がする」と話していたのを思い出す。二つの国のキリスト教のどこがどう違っているのかを具体的に検証するなどとても難しいけれど、日本人が抱く同じキリスト教への違和感とは、少なくとも私には、恐らくこの「神の持つ絶対的な許容範囲」の問題なのではないかと思える。

唯一神であるキリスト教やイスラム教は、それこそ日常生活の細部まで支配して拘束するのだが、この世の全ては神様がおつくりになったのだから、信仰する人々が日々それに感謝を捧げるのは当然である。要するに、あらゆることが神様中心に動いているのだ。一つ身近な例を上げよう。イギリス人やオーストラリア人の捕鯨反対運動が激しかった頃、「牛は食べてもいいのに、どうして鯨は駄目なのか」というのが大方の日本人が抱いた疑問であった。しかし、キリスト教徒にとって、そのようなことには疑問の入る余地などまるでない、というのも、聖書に「鯨を食べてよい」とは書かれていないからである。斯様に聖書やコーランが人々の日常をことごとく支配している状況は、神も仏も平等に信頼しどちらにも疑念なく手を合わせる日本人の宗教感覚からは理解するのがとても難しい気がする。

ヨーロッパ人にとって一番偉いのは、「ほんとうの神」を信じるキリスト教徒で、それ以外の神を信じる民族など問題にもならなかった。だから、奴隷制度の原点はきっとこうした思想の中に既に潜んでいたのである。ピラミッドの頂点に位置しているのは「キリスト教徒のヨーロッパ人」であって、それ以外の人間や動物など救われるはずもなかった。神の似姿をしている人間が地上を支配していくのは、彼らにとっては当然なのである。

昔話の世界でも、雌の動物が、親切にされた若者に恩返しのため美しい女の姿で現れて結婚するといった日本のような展開はヨーロッパにはほとんどない。その理由として考えられるのは、やはりキリスト教と仏教(神道)との違いだろう。キリスト教徒にとって人間と動物は完全に断絶しているのだから、たとえ昔話の中であったとしても、動物が(神の似姿をした)人間になれるなど絶対にありえない。人間が何らかの魔法によって一時的に動物に変えられることはあっても、動物が人間になるなどとんでもない話なのである。だから、ヨーロッパにおける人間と動物が結婚する「異類婚姻」物語は、たとえばグリム童話第一番「蛙の王様(Der Froschkönig oder der eiserne Heinrich: KHM1)」でも、映画化された「美女と野獣(Beauty and the Beast)」でも、魔女の魔法によって動物にされるのは人間であり、その逆はない。

この点に関して、数年前に亡くなったC・W・ニコル氏の本からとても印象的な部分を引用しよう。彼が子供の頃、可愛がっていた愛犬が病死した時の思い出である。

かなり昔のことなので、牧師がどういう言葉を使ったかまでは忘れてしまったが、彼が口にしたのは、「犬は天国に行けない。人間だけが天国に行ける」のだということだった。私はもう仰天し、深く傷ついたことをはっきりと覚えている。あまりにも腹が立って、「もし犬やほかの動物たちが天国に行けないのなら、僕はそんな意地悪でひどい場所になんか行きたくない!」と口走った。牧師は私の顔を平手打ちしたのだが、そのことは今も鮮明に覚えている!私は教会の中で絶叫した。「あんたなんか嫌いだ!　神様も嫌いだ!　僕はしみったれた天国なんかには、絶対に行きたくない!」

牧師は両親に言いつけ、母はショックを受けて怒ったが、父は何も言わなかった。今にして

振り返ってみると、父は理解していたのだと思う。（中略）
祖父は、「母さんを困らせるようなことを言ったりやったりするんじゃない」と言った。それに対し、祖母はフンッと鼻で笑った。「あの牧師はバカだよ！」と祖母が言ったので、みんなはショックを受けた。祖母が誰かを批判したり、わるくいったりすることなんて、めったになかったからだ。「犬だって生きているんだ。そうだろう？　総ての生き物は生きている。生きるってどういう意味だい？　それは、神様が命を吹き込んだという意味だよ。神様の息は魂だ。もちろん動物にも魂があるし、天国にだって行くよ。彼らが行かないんだとしたら、天国は何のためにあるんだい？」
その祖母のシンプルな理論を聞き、完全に腑に落ちたのだった。そして、牧師や宗教の専門家といった議論が得意な人たちですら、誰も私を変えることはできなかった。
（C・W・ニコル「わたしの宮沢賢治　賢治との対話」ソレイユ出版、二〇一八年）

この祖母の言うように、確かにこの牧師はバカだが、しかし、彼の言っていたことはキリスト教徒としては決して間違ってはいなかったのである。

自己救済の道

さて、話を戻そう。象は首にかけられたブリキの時計など見なくとも、月の循環によって時の経過を正しく知ることができていたのではあるまいか。いずれにしても、賢治の月齢の使用は、「ほぼ、その時々の実景を正しく反映している」(栗原敦「月天子——賢治の月：宮沢賢治　透明な軌道の上から」『宮沢賢治ハンドブック』新書館)ということである。

象が、「苦しいです。サンタマリア」と言った途端、「ことごと象につらくした」オツベルを、語り手の牛飼いはさすがにもう「大したものだ」とは言わない。何しろ彼は象に「すこしひどくし過ぎた」し、「しかたが、だんだんひどくなった」のだから。第五日曜になって、オツベルは初めてその本性をさらけ出したのである。

ここで、図体のでかい象が、どうして自分よりはるかに小さいオツベルに少しも反撃しないのかとの疑問は、あまり意味をなさないだろう。大柄でも気の弱い人だっているし、小柄でも迫力のある人はいる。また、一般的にインテリほど頭ごなしの強圧的な態度には弱いと来ている。最近気になった「妻から夫への家庭内暴力」の新聞記事を引用しよう。

「妻からは日々、罵詈雑言を浴びせられ、私は耐えなければならなかった」。仙台市の五十代男性は、妻からのDV被害の実態を切々と打ち明けた。(中略)暴力は次第にエスカレート。箸置きを投げつけられたり、みそ汁をかけられたりしたことも。昨年五月、激高した妻から物を投げつけられ、リビングのガラスが割れた。駆け付けた警察官から勧められて家を出た。

DVは「男性から女性への暴力」という意識が浸透し、自身が受けている行為をDVと認識せず、弱音を吐くことを恥ずかしく思い、打ち明けない男性が多い可能性もある。

（東京新聞夕刊、二〇二二年二月四日）

オツベルに虐待され続けた象は、とうとう絶望的になってしまう。象は全くの独りぼっちだったし、助けてくれる者は誰一人としていない非常に危険な状態だった。

このような時、昔話の中では動物や木や、あるいは大自然の太陽や月までもが、孤立している主人公の味方になって助けてくれる話が多い。苦しい時には必ず誰か助けてくれる存在があると知らせてくれるのは、子供だけではなく大人にとってさえ大きな救いではあるまいか。いくらいじめにあったとしても、いずれ自分の味方が現れてくれると確信していられたなら、希望を胸に生きられる。困難にぶつかって諦めてしまう人はそれで終わってしまうけど、何があっても自分の道を開こうと努力していく人には、いつかは必ず光が見えてくるものだ。きっと、そんな風にずっと頑張り続けることこそが一番大切なのではあるまいか。本人が「もう駄目」と諦めてしまったならそれまでで、それ以上先の展望など開けるはずもない。本人が絶望しているのだから、間違いはないだろう。

あるいはこの葛藤は、象自身の内面の問題だったかもしれない。よく言われるように、自分の中にいる天使と悪魔が戦って、悪魔の方へ心が傾けば絶望的になり、希望を持って進めば天使の力が強くなる訳だ。絶望の淵にあった白象の心にこの時、本来は聞こえるはずもない月の声が届いたということだ。「もう、さようなら。サンタマリア」と言いながら、象の中のもう一人の自分は救いを求めていたのである。「さようなら」で終わったならそれまでで、最後にサンタマリアと口にしたところにまだ微かな希望の光が残っていたのではないのか。吉本隆明氏は、「このサンタマリアは、象の独白として反復される言葉になっている」と述べている。

他人に聞こえない内面だけで発している言葉です。ただ、象が苦しいから「苦しいです。サンタマリア。」というふうにつぶやくとか、内部で声のない声を発するという意味になります。そうすると、この言葉も宮沢賢治のあるところから出てきているということがわかります。そのあるところがどういうところかはよくわからないとしても、幼児性にたいしてどうしても異議を申し立てなければいられない、どこかから出てきている言葉だと理解ができます。もちろん、この言葉が、そうではなくてヒューマニズムの言葉で、宮沢賢治のなかに流れるヒューマニズムの心情から発せられた言葉だと理解されてもよろしいのですが、ここではそういう理解の仕方はとらないで、これは、宮沢賢治が幼児性にたいして異議を申し立てる、どこかしらのところから発せられた、じぶん自身のつぶやきの声として、象の言葉になぞらえて作品のなかに出てきたのだと理解することにいたします。

（『宮沢賢治の世界』筑摩書房、二〇一二年）

この後、お月さまは唐突に現れてくる。たとえ一パーセントの可能性だけであっても、ひたすら努力していく者にはお月さまでさえ良い方向へ行くのを助けてくれることはありうる。あくまでも比喩にすぎないけれど、お月さまが話すと思っただけで、もう楽しくなるではないか。そう、ここですぐに思い浮かぶのはアンデルセンの「絵のない絵本」である。少しだけ、その冒頭部分を読んでみることにしよう。

ある夕がたのこと、ぼくはなんだかとても悲しい気持ちになって、窓ぎわに立っていました。そして、窓をひらいて、そとを見ました。ああ、そのときのぼくのよろこびといったら！　そこには、ぼくのよく知っている顔が見えたのですもの。あのまるい、なつかしい顔が、遠い故郷からの、だれよりも親しい友だちの顔が見えたのです。それは月でした。なつかしい、昔ながらの月だったのです。あのころ、沼のほとりの柳の木のあいだからぼくを見おろした時と、すこしもかわらない同じ月でした。ぼくは月にキスの手を投げました。すると、月はまっすぐにぼくの部屋のなかへさしこんできて、これからまい晩、そとに出たら、ちょっとぼくのところをのぞいてゆこうと、約束してくれました。その時から、月はこの約束をちゃんと守ってくれています。ただ、ざんねんなことには、月がぼくのところにいられるのは、ほんの短い間なのです。それでも、たずねてくるたびに、前の晩か、そうでなければ、その晩に見てきたことを、あれこれと話してくれるのです。

（「絵のない絵本」岩波文庫）

象がやせ細って、気力と体力と笑顔を失っていくのに、太っていく月は成長と希望に満ちている。日毎形を変えていく月は、変形と生長のシンボルであると同時に、太陽を反射するその光は、「反映(反省)による認識、論理的、概念的、理性的な認識のシンボル」(「世界シンボル辞典」三省堂)でもある。

手紙を書けという月のアドヴァイスに、「お筆も紙もありません」と泣き言を言う象の前に、突然今度は硯と紙を持った赤い着物の童子が現れる。要するに月は、「自分を助けてくれる者に連絡を取るように」と言ったのだ。童子の着物の赤は血や火や太陽の色であり、力強さや華やかさのイメージから、生命原理のシンボルなのである。童子という言葉は今ではあまり使われなくなっているけれど、本来は「幼い男の子」の意味が、仏教では菩薩を表す。ひょっとすると白象に騎乗して現れるという普賢菩薩様が、象を救いに来てくれたのだろうか。

「源氏物語」以前に成立した「宇津保物語」は、一般には「前期物語」と呼ばれているいわゆる「作り物語」なのだが、現在まで残っているのは「竹取物語」と「落窪物語」、そしてこの「宇津保物語」の三つしかない。これらの作品に共通しているのは、ファンタジーに満ち溢れたメルヘンであることだ。この全二十巻にも及ぶ「宇津保物語」の冒頭「俊蔭」の章に、母思いの幼い男の子を助けてくれる童子が現れてくる。人に詮索されるのを嫌がった男の子が山で食べるものを捜しているると、大きな体の男の子が突然やって来て、子供に色々な知恵を授けてくれたのだ。この童も恐らく、仏や菩薩に仕えている童子だったのかもしれない。

この川のみやは魚《いを》はある、と思ひて、下りて、その川より渡りて、北ざまにさして行きて、山に入りて見れば、大いなる童（この童は、仏・菩薩・諸天などに仕える童子であろう。仏教では天童、護法天童とも。〔脚注〕）、土を掘りて、物を取り出でて、火を焚きて焼き集めて、また大いなる木の下に行きて、椎《しひ》、栗などを取りて、この子を、（童）「何しに、この山にはあるぞ」と問へば、（子）「魚釣りに来つるぞ。おもとに食わせむとて」といへば、（童）「山には魚はなし。また、生けるもの殺すは罪ぞ。これを拾ひて食へ」と教へて、この掘り拾ひ集めたる物どもをとらせて、童は失せぬ。この子、うれしと思ひて、持て行きて母に食はす。

（中野幸一校注「うつほ物語」小学館）

後に、この母子が山の中で熊の家族に譲られた巨大な杉の空洞《うつほ》に住むことになると、同じ童子が再び現れて甲斐甲斐しく二人の世話をしてくれたのである。

そのかみ、この木のうつほを得て、木の皮をはぎ、広き苔を敷きなどす。芋掘りそめし童出で来て、うつほのめぐり掃き清めて歩《あり》けば、前より泉出で来る、掘り改めて、水流れおもしろくなりぬ。

（「うつほ物語」）

少し視点を変えてみるなら、この童子が「座敷童子」であった可能性もあるのではないか。佐々木喜善「遠野のザシキワラシとオシラサマ」（宝文館出版）に登場してくる赤い頭巾を被った赤顔の童子の姿は、苦しむ象の前に突然現れた赤い着物の童子にどことなく似てはいないだろうか。

（一〇）土淵村字山口に瀬川九平殿《どん》という家がある。この家が今から五十年ほど前、まだ分家をしたばかりで、本家と小川を一筋隔てていた頃のことである。家の人だちは皆畑へ出て行って誰もいないのに、座敷の所の障子の隙間から、赤い頭巾を被った赤顔のワラシが、外へ手を出しては又内に引込め、余念もなく遊んでおるのを、本家の爺様などがよく見たものだという。又家の人だちが田畑へ行っていて、何か用事でもあって、時でもない刻限に帰ってきたりすると、茶の間などにとたとたと、三、四歳の子供の戯れ遊ぶような足音がしていたものであったという。（同じ日同じ処で聞く。土淵村字栃内厚楽某の話）

同書にはまた上閉伊郡附馬牛村、萩原早見という老人によるザシキワラシの話として、「六　衣服は赤いものを好んで用いているという」（一二三）とある。

象たちの怒り

ひどい目に合っている白象からの、「みんな出てきて助けてくれ」という童子が持ってきた手紙を見た象たちが一斉に立ち上がり、「真っ黒になって吠え出した」時、牛飼いは「グララアガア、グララアガア」というオノマトペを用いている。そして、このユニークな音の響きが何度も繰り返されることによって、読む者(聞く者)に象の怒りと凶暴さが十分に伝えられる。象は非常に家族の絆が強い動物で、以前見たテレビ番組では、アフリカ象の群れが幼い仔象を守るように、何頭もの大きな象がその周りを囲んで移動していた。また、別の番組では若い女性研究者がコンピューターで象の会話を分析し、ほんの少しだがその一部を解明することが出来るようになったと話していた。例えば、仔象を連れた夫婦の会話では、父象が「自分はちょっとあちらへ行く」と言ったのに対して、妻の方は「私はここにとどまる」と言ったらしく、その後、二頭は実際その通りに行動したのである。

二〇二一年夏に野生の象十五頭の群れが、畑を荒らし民家を壊しながら、ミャンマーの国境を越えて中国の昆明近くまで大移動したニュースは記憶に新しい。

門扉が取り付けられていたコンクリートの土台は壊れ、建物の壁にはゾウが体をこすり付けた跡が残っていた。「門と倉庫が壊され、トウモロコシを食べられた。ゾウなんて見たことなかったから驚いたよ」と地元農家の男性は語る。(中略)

昨年春ごろにミャンマー国境に近い自然保護区を出たゾウの群れは、今年四月には東北へ四百キロ離れた玉渓市に入った。六月には黄草坝村にも入り、昆明市の市街地の南端にまで到着した。
群れは行く先々で畑を荒らして作物を食べたり、民家の蛇口をひねって水を飲んだりした。住宅や倉庫を壊し、中国メディアによると被害総額は六百万元(約一億円)以上だ。

(東京新聞夕刊、二〇二一年十月二十五日)

この記事を読むだけでも、象の持つ家族愛と同時に、その恐るべき破壊力がわかるだろう。しかし、象たちはこの翌月には無事ミャンマーの生息地に戻ったようである。

「ゾウは幸せをもたらす動物だという。殺さずに故郷に戻すことができてよかった。壊された建物は修理すればいいんだから」。アジアゾウに自宅の門を破壊された雲南省玉渓市の農家、張剛さんは語った。(中略)今回、被害を受けた町や村の住民からゾウへの憎しみの言葉は聞かなかった。張さんらによると、ゾウを敬う文化があるタイの影響なのか、雲南省でもゾウを敬愛する人が多いという。政府の対策PRはさておき、住民のゾウへの寛容な姿勢は印象的だった。

(東京新聞夕刊、二〇二一年十一月十六日)

こうした記事を読みながら、私はすぐに、エーリッヒ・ケストナーの「動物会議」を思い出した。人間が国境を作り、戦争を繰り返していることに、動物たちの議長である象のオスカルが警告していた。「～いつも子供たちは、戦争だ、革命だ、ストライキだとひどい目にあうんだ。それなのにおとなたちは、何ごとも子供たちが将来しあわせになるためにやったんだ、なんていうんだ。ずうずうしい話じゃないか」（『動物会議』岩波書店）という言葉が、この物語の中心テーマなのである。世界平和への提案を受け入れようとしない人間たちに業を煮やした動物たちは、最後に世界中の子供たちを誘拐するという思い切った行動を起こす。

象のオスカルは言いました。

「あと二分間だけ待ってあげる。それでも君たちが署名しなかったら、ぼくはバルコニーにあがって、この建物の前に集まっている人間たちにたいして、ひとことあいさつする。ぼくのみじかい演説がすんだら、きみたちはもう政府なんかつくっていられないだろう、とぼくは思う」

それで、とうとう人間の代表たちは万年筆をとりだして条約にサインしました。

動物たちが勝ったのです。

（『動物会議』）

ここでケストナーが、動物たちの議長として象を主人公としたのも、存在感のある巨大なその体躯と頭脳の明晰さ、そして子供たちに（恐らく）最も愛されている動物だからだろう。『博物誌』を著した古代ローマのプリニウスによれば、何しろ象の知能は人間に最も近いというのである。

さて、赤衣の童子から、「助けてくれ」という象の手紙を受け取った山の象たちの動きは、素早かった。一斉に立ち上がり、真っ黒になって吠え出すと、「オッベルをやっつけよう」との議長の象の叫びに、「出かけよう。グララアガア、グララアガア」と呼応したというのだから、その仲間意識の強さには感嘆する。グララアガアというこの音に象徴されるごとく、象たちは何もかも破壊しながらオッベルの家に向かって突進していく。仲間が虐待されたことへの象たちの怒りがこれほどまでに激しいとは、オッベルは夢にも思わなかったに違いない。いじめられる者にとっては死ぬほどの苦しみであっても、多くの場合、それに気づく加害者は少ないし、たとえ気づいたとしても、いじめがさらにエスカレートすることもあるのだから、想像力の乏しい頭の悪い者は一度自分がその立場に立ってみないことには、決して同じ苦しみを理解することはできないのだろう。ところで、この「グララアガア」のオノマトペに関連しては、佐々木喜善「聴耳草子」八四番「盲坊と狐」の中の「グエンゲラグエンのグヮエン」によく似ているという指摘も付記しておく。

すると村の人達は、それアと言って大きな槌を持って走せて来て、そしてボサマの琵琶の音に合わせて、こういうアンバイにその狐どもを、みんな槌で撲ちのめして殺した。

ジャンコ、ジャンコッ(ボサマの琵琶の音)

あッグエゲラグエンのグヮエン(狐の啼き声)

そうらッ、ジェンコ、ジェンコ

やらッどッちり、ぐゎッチリ（槌の音）
あッグエゲラグヮエンのグヮエン
それアまた、ジェンコ、ジェンコ
よウしきたッ、どッちり、ぐゎッチリッ
あッグエンゲラグエンのグヮエン

（岡村民夫「宮沢賢治　心象の大地へ」七月社、二〇二〇年）

グララアガアの音が激しく繰り返されている頃、オツベルは「ひるねのさかりで烏の夢を見ていた」という。カラスは、童話よりはむしろ神話の方に登場してくることが多いのではあるまいか。ゲルマン神話ではフギン（考え）とムニン（記憶）という二羽のカラスが玉座から飛び立って、世の中の動きを主神オーディンに逐一伝えていたし、ギリシャ神話のカラスは予言能力があると考えられたため、予言の神アポロンとアテナの聖鳥であった。神道でカラスは、神武天皇の東征の時、夢に現れた天照大神の使いである。「今すぐに、天よりヤタガラスを遣わそう。かならずや、そのヤタガラスが導いてくれるであろう。御子は、ヤタガラスの発ち行く後をたどり行きなされ」（三浦佑之「口語訳　古事記」文藝春秋）という訳だ。カラスは予知能力があるとみなされる一方で、光るものは何でも取る泥棒で、狡猾と貪欲を表すとされているのだが、オツベルは果たしてどのようなカラスの夢を見ていたのだろう。

彼の破滅はその直後にやってくる。「汽車より早くやってくる」象たちを見た百姓たちが血の気も失せて降参しようとしたのに、オツベル一人は、象が小屋の中にいるのを確認すると、「早く象小屋の戸をしめて閉じ込めろ。何ができるもんか。わざと力を減らしてあるんだ。大丈夫だ。あわてるな。門をしめろ。おい、みんな心配するなったら。しっかりしろよ。」と、気丈であった。ここで、オツベルが意図的に象の餌を減らしていたことが明らかになる。

さて、怒り狂った象たちの行動は、オツベルの想像をはるかに超える凄まじいものであった。

間もなく地面はぐらぐらとゆられ、そこらはばしゃばしゃくらくなり、象はやしきをとりまいた。グララアガア、グララアガア、その恐ろしいさわぎの中から、「今助けるから安心しろよ。」やさしい声もきこえてくる。

オツベルが六連発のピストルを撃ち出しても、弾丸は通らず、牙にあたればはね返る。「なかなかこいつはうるさいねえ。ぱちぱち顔へあたるんだ」という一匹の象の台詞をオツベルはいつかどこかで聞いたようだ、という場面は皮肉がきいていて面白い。最初の頃に白象が稲扱器械の前にやって来て、顔にモミが夕立かあられのようにあたった時、「ああ、だめだ、あんまりせわしく砂がわたしの歯にあたる」と目を細めていたのが思い出されるから。その時、語り手は、「またよく見ると、（象は）たしかに少しわらっていた」とも述べていた。つまり、象はそうしたモミのぱちぱち顔に当たるのさえ楽しんでいたのである。初めの頃の白象は、まだ世間知らずの初心な子供の様だったのに、オツベルにいじめられ、こき使われ、まさに天国から地獄へと落ちてしまった気分だったのではあるまいか。そして、モミをピストルの弾丸に変えてしまったオツベルは、自分の犯罪行為など認識する暇もなく、あっけなく死んでしまう。

そのうち、象の片脚が、塀からこっちへはみ出した。五匹の象が一ぺんに塀からどっと落ちてきた。オツベルはケースを握ったまま、もうくしゃくしゃに潰れていた。早くも門があいていて、グララアガア、グララアガア、象がどしどしなだれ込む。
「牢はどこだ。」みんなは小屋に押し寄せる。丸太なんぞはマッチのようにへし折られ、あの白象はたいへん痩せて小屋を出た。

もう一つの賢治童話「カイロ団長」では、酒を飲ませてアマガエルたちを拷問に近いほどこき使って搾取していたトノサマガエルは、突然に出現した王様の命令によって己の悪事に気づかされたけれど、オツベルにはそんな時間的余裕すらなかったのである。王様の新しいご命令、「すべてあらゆるいきものは、みんな気のいいかあいそうなものである。けっして憎んではならん。以上」を聞いたカイロ団長は、ホロホロ悔悟の涙をこぼして、「私がわるかったのです。私はもうあなた方の団長でもなんでもありません。私はやっぱりただのカエルです」と言う。そして、この言葉をもって物語はハッピーエンドを迎えるのだ。しかし、もしオッベルの前にこのカイロ団長に対するような絶対的王様が現れたとして、果たして彼が団長と同じようにすぐに心を入れ替えたものかどうかはわからない。これがきっと、白象が最後に「さびしく」笑った理由だろう。

物語はこの後、「おや、川へはいっちゃいけないったら」という不思議な一行をもって終わっている。作者は恐らくグリムなどドイツの童話を十分に意識して、物語とはまるで関連のないこんな意味不明の言葉を最後に付けたしたのではあるまいか。その意図するところは、物語がめでたく決着した後、まるで意味のない言葉を付け足すことで一種緊張からの解放や、「あれ、何だろう?」と気分を転じさせるささやかな効果があるのではないだろうか。例えば日本昔話のおしまいには、よく「めでたし、めでたし」が使われるけれど、子供にとってこれは魔法の言葉であろう。つまり、幼い子にとっては、仮に途中いくつか意味の分からない事柄があったとしても、結末がめでたいのであれば、もうそれだけで十分に満足させられるのである。物語が一件落着した後に、まるで関係のない意味不明の言葉が出てきて、終わった物語についてのちょっとした時間差的な余韻が生まれるような気もするのだ。

有名なグリム童話「ヘンゼルとグレーテル(Hänsel und Gretel: KHM15)」のおしまいは次の様だ。

「あたしのお話は、これでおしまい。あすこにちょろちょろしているのは、はつかねずみ。どなたでもあれをつかまえたかたは、あれで大きな大きな毛皮の頭巾をこしらえて、ごじぶんのになさいまし」。

童話を終える決まり文句の簡単なものは、「これでおしまい」とか、「つぼは、からっぽ」などである。つぼの中には、沢山のおはなしが詰まっていたという訳であろう。さらに、「うたはおしまい。あすこでねずみがはねている」とか、「うたはおしまい。おどりはおしまい。ねえちゃん、お花をもってきて、おいらに花わをあんどくれ」）（「グリム童話集（1）」岩波文庫）などといったものもある。

さてと、私の話も「これでおしまい」。

あとがき

もうだいぶ前に定年になって大半の本を整理してしまったというのに、今頃どうして突然に「賢治童話」が気になりだしたのかというと、むかし、思いがけなくも「国文学」(「国文学年次別論文集　平成十三年版」)に全文掲載された自分の「セロ弾きのゴーシュ」論を読み返したからだ。なんとも舌足らずで、これではもっといくつかのことを書き足さなければならぬとの思いが次第に強まってきたのである。

もともと、大学の一般教育ドイツ語教授であった私が、賢治童話について考えだした理由の一つは、同じ大学内で偶然にも日本文学科教員として配属されたことである。一九九〇年代の大学では一般教育に対する風当たりが強く、その多くは教養部縮小や廃止の動きが主流となっていた。こうした流れの中で、私の所属していた教養部も当然の如く廃止されて、その結果、私はある年度から日本文学科所属となったのである。青天の霹靂ではあったけれど、こうした珍しい人事は大変に幸運であったといわなければならないだろう。そこで私は説話文学のゼミや外国文学との比較講座なども担当することとなったし、学生たちと遠野への「ゼミ合宿」も数回に及んだのである。

注文の多い料理店

さらに、もう一つの理由は、少し年配の同僚が「『注文の多い料理店』は良いコメントを書こうとしても、なかなかうまく料理できないんだよ。賢治童話はたぶん日本文学だけしかやってない者には、特に手ごわいね」と、よく話していたことであった。当時は「そんなものか」と思っていただけだったのに、しかし、今になってみると、彼の正しかったのがよく理解できるのだ。

賢治作品は、詩、文学のみならず、思いつくままに挙げてみても、植物、生物、化学、鉱物、天文学、農学、音楽、宗教、等々多岐にわたっているから、日本の創作童話という狭い檻の中にはとても入り切るはずもない。様々な助言をもらったこの先輩教授が亡くなって、もう十年近くが過ぎ去ったいま私は、「いい人ほどさっさと逝ってしまう」というのは本当のことだと実感している。彼には今でも感謝だ。

日本で最初に詩人・宮沢賢治を発掘(?)、評価した詩人・草野心平の慧眼には敬服する。

現在の日本詩壇に天才がゐるとしたなら、私はその名誉ある「天才」は宮澤賢治だと言ひたい。世界の一流詩人に伍しても彼は断然異常な光りを放ってゐる。彼の存在は私に力を与へる。存在――それだけでも私にとってはよろこびである。

（詩誌「詩神」冒頭より。大正十五年八月）

実は、私は一九七〇年代後半にいわき市で行われた詩人・三野混沌の「天日燦として」記念碑（草野心平揮毫）除幕式で、一度だけ心平氏にお目にかかったことがある。混沌夫人の吉野せいさん（「洟をたらした神」で大宅賞）が紹介してくださったというのに、私はそのとき心平氏といったい何の話をしたのだったか、残念ながらもう忘れてしまった。濃紺の和服に下駄という氏の粋な姿が、どことなく野武士のような雰囲気を漂よわせていたのを覚えている。残念なことに、当時の私の関心は、賢治よりもドイツ文学の方にあった。今頃になって、心平氏から直接賢治童話のことを伺わなかったのが悔やまれてならない。

もともと、せいさんとはとても親しくて、一九七五年にはヨーロッパの旅にもご一緒した。いま私の本箱の隅には、その頃せいさんから贈られたサイン入りのこけしが、ちょっと寂しげ

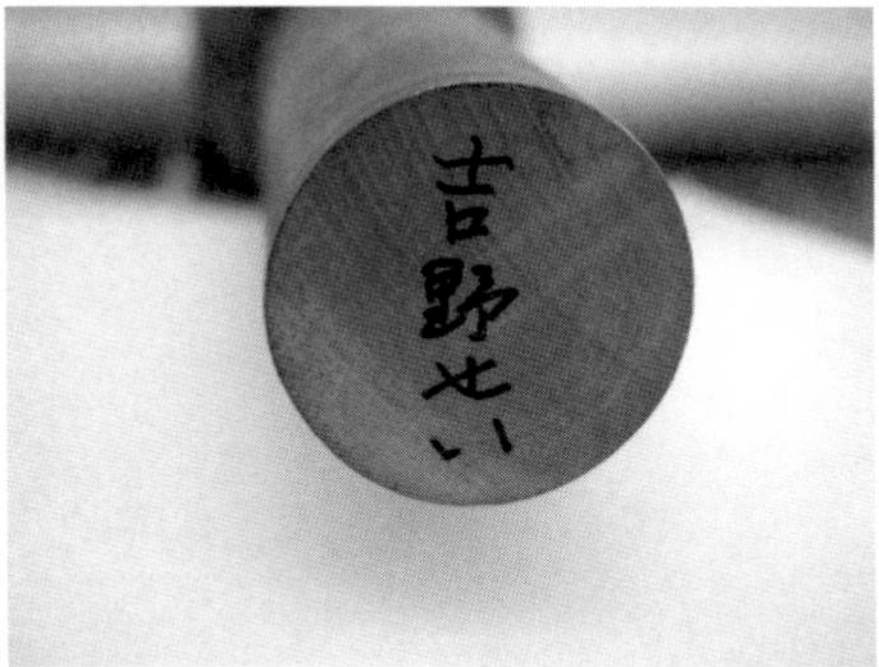

せいさん

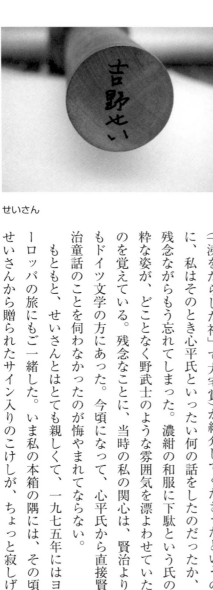

にポツンと立っている。せいさんを訪問すると、いつも「私の一番好きな人が来てくれた」と満面に笑みをたたえて迎えてくださるのだった。せいさんの言葉は今でも私の「心の中の宝物」だ。

さて、今回取り上げたのは、以前から気になっていた小品ばかりだ。賢治の良く知られた大作に関する評論や解説や論集はそれこそごまんとあるから、むしろあまり取り上げられずにいる作品にスポットを当ててみたいと考えたのである。

二か月
　ほどで
　　一気に
　　　これを
　　　　書き
　　　　　上げて、
　　　　　　気が付いたら
　　　　　　　いつの
　　　　　　　　間にか
　　　　　　　　　もう

桜が
咲いて
いた。
おーい、
賢治、
間もなく
俺も
下の
畑に
行く
から、
味噌と
少しの
野菜でも
食べ
ながら
待っていて

おくれ。
今日も
お天気が
いいぞ〜。
春。
どーんと
どーんと
晴れ！
そして
どんとはれ。

とりとめのないわたしの略歴

このままでいけば、令和三十年に私はめでたく満百歳になるのを楽しみにしている。「怪人二十面相」にでもでてきそうなチイウヨリナカという奇妙な名は、むかし悪ガキ仲間が私に付けた綽名だ。何のことはない、ただ反対読みにしただけなのだったが。二十面相より好きだったのは「月光仮面」だ。でも、学生時代に訪れたカルカッタで、白いターバンに黒いサングラスと白マスクをつけて、白いぼろバイクでドタドタ走る大勢の男たちを目撃した時、彼の出身は月ではなくインドだったのかと変に納得してしまった。

玉川学園中等部、獨協高校、獨協大学外国語学部を経て日本大学大学院独文博士課程満期退学。その後、相良守峯教授の推薦により、新設の尚美音楽短期大学専任講師。後年、相良先生は文化勲章を受章された。先生からはドイツ中世叙事詩「ニーベルンゲンの歌」(岩波文庫)翻訳や、「木村・相良・独和辞典」作成時の苦労話をよく伺ったものだ。

一九八七年から、やはり新設のいわき明星大学教養部助教授、そのあと同大学人文学部日本文学科教授。(このいきさつは「あとがき」に書いた通り)。

兼任講師は、日本大学・獨協大学・中央大学・跡見女子大学・他。ポップカルチャー学会元会長。素晴らしい仲間たちにめぐまれたわたしは(「幸せハンス」と同じような)幸せ者だ。


目下、「ハワイ神話」(「跡見女子大学文学部紀要」五十四号)、「平家物語」と「ニーベルンゲンの歌」(一部「跡見女子大学文学部紀要　四十八・四十九・五十二号(ジークフリート　その愛と死——日本の視点から——)」発表)に取り組み中だ。あまり脈絡がなく支離滅裂のようだけど、私の中でこれらは密接に関連している。でも、それがどう繫がっているのかを説明しようとすると、また一冊の本になりそうだから、このあたりでひとまず失礼するね。では、みなさん、お元気で。お幸せに!

(あっ、川にはいっちゃいけないったら。わたしは子供の頃[昭和三十年]、川でおぼれた女の子を助けて、警察署長から感謝状と百円札三枚もらったことがあるんだよ……。「嘘だと思う人は、わたしの『ねむり姫』あとがきを御参照くだされ」）。

主要著書

あなたのドイツ語（大学書林）
誰が「赤ずきん」を解放したか（大和書房）
誰が「白雪姫」を誘惑したか（大和書房）
誰が「ねむり姫」を救ったか（大和書房）
グリム童話の中の怖い話（大和書房）
グリム童話の中の呪われた話（大和書房）
グリム童話の中のぞっとする話（大和書房）
ドイツメルヘンの潜む街で（大和書房）
グリム童話の中の愛と試練（彌生書房）
赤ずきんはなぜ愛くるしいか（ハヤカワ・ノンフィクション文庫）
エロチックメルヘン３０００年（講談社）
グリム残酷童話（講談社＋α文庫）
まだあるグリムの怖い話――グリム・ドイツ伝説集を読む（東京堂出版）

おとなのグリム童話　（彩流社）
遠い記憶　遠い国——ある旅の記録　（彩流社）
透視恐怖的格林童話　（旗品文化出版社）中国語版

どんとはれ。

【著者】
金成陽一
…かなり・よういち…
獨協大学外国語学部を経て日本大学大学院独文博士課程満期退学。その後、新設の尚美音楽短期大学専任講師。1987年、同じく新設のいわき明星大学教養部助教授、同大学人文学部日本文学科教授。兼任講師は日本大学・獨協大学・中央大学・跡見女子大学・他。ポップカルチャー学会元会長。主な著書に『誰が「赤ずきん」を解放したか』『グリム童話の中の怖い話』(大和書房)『グリム残酷童話』(講談社+α文庫)『おとなのグリム童話』『遠い記憶　遠い国』(彩流社)等多数ある。

Sairyusha

賢治《けんじ》ラビリンス
二〇二二年六月十日　初版第一刷

著者――金成陽一
発行者――河野和憲
発行所――株式会社 彩流社
〒101-0051
東京都千代田区神田神保町3-10大行ビル6階
電話：03-3234-5931
ファックス：03-3234-5932
E-mail：sairyusha@sairyusha.co.jp

印刷――明和印刷(株)
製本――(株)村上製本所
装丁――中山銀士＋金子暁仁

ISBN978-4-7791-2832-5 C0095
http://www.sairyusha.co.jp